むかしむかしあるところに、やっぱり死体がありました。

青柳碧人

双葉文庫

目次

むかしむかしあるところに、やっぱり死体がありました。

竹取探偵物語

一、

俺の名前は堤重直《つつみしげなお》。野山にまじって竹を取りつつよろずの事に使ってる、しがない竹《たけ》取《とり》さ。

住まいは、大和国《やまとのくに》の斜貫《しやぬき》という集落から少しばかり外れたこのおんぼろの庵《いおり》。川から汲《く》んできた水を飲み、食い物は川魚に茸《きのこ》に苔桃《こけもも》、それに少しばかりの麦と粟《あわ》。何も獲れないときは味噌を舐《な》め、酒を飲んで眠るだけだ。

斜貫の連中は俺のことを変人を見るように扱っていて、交流はほとんどない。それでいい。余計な人間と無駄な会話をせずに過ごせる暮らしの、なんと素晴らしいことか。

そんな、人を遠ざけ、人からも遠ざけられている俺のところにも、春の野郎は確実にやってくる。庵を囲む竹林の中には、断りもせずににょきにょきと筍《たけのこ》が生《は》えてきやがる。

さて今日も出かけるかと腰を上げかけたそのとき、庵の入り口の筵《むしろ》がさっと上がった。

「シゲさん、起きてましたか」

「ヤスか。今から仕事だ」

「出かける前に来られてよかった。はいこれ、麦と、酒です」

風呂敷包みを俺に手渡し、にっと笑う。八重歯が見える。

有坂泰比良《ありさかやすひら》。俺の人生で最もくだらない、都《みやこ》づとめのときに知り合った男だ。歳はそう俺と変わらないはずだが、なぜか俺の子分を自称し、都落ちする俺についてきた。俺と違って人好きがするから、町はずれに間借りして暮らしていて、俺が作った竹かごや竹ざるを町で食い物に換え、こうして持ってきてくれるのだ。都づとめが忘れられないのか、その腰には、もはや無用の長物となった短刀を差している。

「筍を取りにいくんですか？」

「馬鹿野郎。俺の仕事は竹取だ。弁当箱を作るため、太い竹がいるんだ」

「さすがシゲさん。俺も手伝いますよ」

壁に釘で引っ掛けてある鉈《なた》をさっと取ると、率先して外に出ていった。本当に調子のいいやつだ。

「これなんか、どうですか？」

家を出て、上り坂になっているほうの竹林を少し歩いたところで、ヤスは一本の竹を見つけ、手を置いた。

「もう少し太いのがいい。これじゃ、水筒が精いっぱいだ」

「しかし、これより太いのとなるとなあ」

ヤスはあたりをきょろきょろ見回す。竹は無尽蔵に生えているが、太い竹となるとなかなか見当たらない。竹取っていうのは、根気のいる仕事なのさ。

「んっ？」

そのとき、妙なものを見つけた。俺は怪《あや》しく思って近づいてみると、

「なんだ、こりゃあ」

ヤスもそれを見て目を丸くした。太さは普通の竹だが、俺の腰くらいの高さの節《ふし》と節のあいだが、光っている。

「こんな竹、初めて見ますよ。シゲさん、切ってみてくださいよ」

恭《うやうや》しく差し出された鉈を俺は受け取り、その竹を斜めに切り下ろす。

「え……、女の子？」

すぱりと切れた竹の中に、親指くらいの大きさの少女がいて、にこにこ笑いながら俺たちを見ていた。

「ここはどこで、あなたは誰ですか」

少女は訊いた。

「ここは斜貫で、俺は堤重直。ただの竹取だ。こいつは子分の有坂泰比良」

つつみしげなお、ありさかやすひら、と確認するように繰り返したあとで少女は言っ

た。

「どうか私をあなたのおうちへ連れていってくださいませんか」

女の言うことを、やすやすと聞き入れるもんじゃない。あのくだらない都づとめの三年間で俺たちが得た、最も大きな教訓だった。ところが、

「お、俺のところでよかったら……」

ヤスはすっかり鼻の下を伸ばしていた。俺はその襟首をつかんで、光る竹から五、六歩引き離した。

「お前、松風《まつかぜ》のことを忘れたわけじゃねえよな。あいつにどんなひどい目に遭《あ》わされたのか」

「忘れるわけねえ。そういうシゲさんだって、紅葉《もみじ》のやつに傷つけられたじゃないですか」

嫌な名前を思い出させやがる。

「そうだ。だから俺たちは固く誓った。二度と女の頼みを安請け合いしない」

「シゲさん。あの子が松風や紅葉みたいな性悪女《しょうわるおんな》に見えますか」

竹の中の少女は、俺たちの言い争う様子を見てもなお、にこにこと笑っている。小さいながらにその顔かたちは美しかった。俺たちの穢《けが》れた過去を、何もかも洗い流してくれそうなほど美しかった。

「しかしヤス、お前の女運の悪さは天下一だからな」

「じゃあ、シゲさんのうちに連れていってやったらどうですか」

さも名案のように、ヤスは手を打った。

「俺のところに？」

「あの子をこんな薄暗い竹林の中に放っておくつもりですか。竹林には虎がいるってい
うじゃねえですか。あんな小さな子、ひと飲みにされちまう」

日ノ本の国に虎なんかいるもんかと思ったが、そんなことはどうでもいい。たしかに
このまま、少女をここに置いておくのは気が引ける。

「女は育て方を間違うと、どんな物《もの》の怪《け》よりもろくでもねえ妖力《ようりょく》を身に付けます。シゲ
さんは、あの子を育てるべきです。松風や紅葉みたいな悪い女にしないために」

丸め込まれている気がしないわけではなかったが、俺はすでに少女を家に連れ帰る自
分を思い描いていた。

帰り際、俺の手の平に座っている少女に、俺は言った。

「俺のことはシゲと呼べ。こいつはヤスだ」

「はい、シゲさんに、ヤスさん」

「お前のことは、なんと呼んだらいい？」

「かぐや、とお呼びください」

少女は、答えた。

二、

かぐやとの生活は、悪いものじゃなかった。

竹から生まれてきただけあって不思議な女で、飯は一切食わなくても腹が減らないそうだ。俺が朝飯を食うのをただ、にこにこと見つめている。仕事に行くときには背中のかごの中に納まり、俺が竹を取っているのを、これまたにこにこと見つめている。取ってきた竹でかごやざるを作っているときも、かぐやはずっと笑顔を絶やさない。かぐやがそばにいるだけで、俺の心は近江《おうみ》の湖のように平静でいられるのだった。

一緒に暮らしていると、かぐやのさらに不思議なところが見えてきた。驚くほど成長が早い。三日目にはおれの膝丈ぐらいになり、七日目には腰に届き、十日目には普通の少女と同じくらいの大きさで、歳も十二くらいになった。この頃には当然、かごの中には入れなくなり、歩いて一緒に竹を取りにいくことになった。

「なあかぐや、お前はどうしてそんなに早く大きくなるんだ」

俺が問うと、かぐやは首を傾《かし》げた。

「女なので遅いと思いますけれど。男の人はもっと早いです」

「何だと？」

「男の人は地上に朝が訪れる頃、竹の中から炎とともに出てきます。少しのあいだで大人になり、好きな姿になって過ごすのです」

まるで何かの謎かけを聞いているようだった。それから、かぐやはじっと俺の顔を見た。どことなく心配そうだった。

「どうした？」

「その……シゲさんは、違いますよね？」

「朝、竹から生まれてくるだと？　そんなわけあるか」

かぐやはこれに答えず、にこりと笑った。それ以上、俺は深く聞かなかった。

かぐやを拾ってからというもの、以前は三日に一度くらいしか顔を見せなかったヤスが毎日来るようになった。その口実に持ってくる食い物がたまってしょうがなかったが、俺は咎《とが》めなかった。毎日成長するかぐやを、ヤスはまるでわが子を育てるかのように可愛がっていた。

不思議なことはまだあった。

かぐやと一緒に竹を取りにいくようになって七日目、根元が光っている竹が見つかった。また少女が出てきたら大変だと思いながらも好奇心から切ってみると、なんと黄金が出てきた。それから毎日のように、俺は光る竹を見つけるようになり、黄金がたまっていった。

「この黄金、どうするおつもりですか」

あるとき、ヤスがいる前でかぐやは俺に訊いた。

「さあな。俺は別に黄金なんてほしくもない」

「だったらこのおうちを建て替えるのはどうですか？　シゲさんのような優しくて立派なお方は、もっといい家に住まわれていいと思います」

「そりゃぁいい！」ヤスが賛成した。「実は俺も前々から思っていたんですよ。ここは小せえし、汚ねえ」

「俺はその、小さくて汚ねえ住まいが気に入ってるんだ」

「シゲさんのためじゃないですよ。かぐやのためです。もっと立派なところに住まわせてやりたいとは思いませんか」

俺は何も言わず、にこにこしているかぐやを見た。ヤスの言うことにも一理ある。俺は斜貫から、腕利きの大工を呼び付けた。

「おれたちの家を新しく造ってくれ」

やってきた大工にそう頼んだが、大工の目は俺でもヤスでもなく、かぐやに釘づけだった。当然だろう。見た目は十四歳くらいだが、斜貫はおろか、都にもなかなかいないほど美しい女なのだから。かぐやのやつはどういうつもりか、「お水をどうぞ」「お疲れではないですか」と、作業中の大工の世話を焼きたがった。

次の日、大工は弟子を五人も連れてやってきた。皆、タダ働きでいいというので俺はどういうことかと首をひねったが、なんのことはない。美しいかぐやに会いたいだけなのだ。こうして新しい家が完成するころには、かぐやの噂《うわさ》はすっかり広まっていた。

できた家は、俺なんかが住むにはもったいないくらい立派な造りだったが、かぐやが嬉しそうだったので悪い気はしなかった。それどころか、彼女は言うのだった。

「シゲさん。ヤスさんはいつも私たちによくしてくださいます。あの人にもおうちを造ってあげましょうよ」

俺はすぐ、ヤスにかぐやの提案を伝えた。ヤスは、雲を突き抜けていっちまうかと思うくらいに舞い上がった。

「実は俺、家を建てるならここって決めてた場所があるんです」

ヤスは俺とかぐやを連れて竹林を下った。俺は住まいから山を下っていくほうの竹は取らないと決めている。だから、歩いてすぐのところに生えているそれのことを知らなかった。

「こりゃ、珍しいな」

根元から腹の高さあたりまでは普通の竹だが、そこから、二股になっていた。竹っていうのは正直者のたとえにも使われるくらい、根元から天までまっすぐに伸びるのが当たり前だと思っていたが。

「なんだか俺、こいつに美しさを感じるんです。なので家の中に、こいつがこのまま生えているようにしたいんです」

面白いと思った。竹取の性《さが》ってやつかもしれない。かごにざるに垣《かき》に建具《たてぐ》、梯子《はしご》に筆に楽器に武器……よろずのことに竹を使ってきたが、屋内に竹が生えている家なんて、考えたこともなかったからだ。

俺はさっそく大工を手配すると、自ら、二股の竹を残して周りの竹を片っ端から切り、根を掘り起こしていった。かぐやが見守っていたので、何本かの竹の根元からは黄金が出てきて、それだけでヤスの家が建てられそうだった。

家ができ上がるまでには、やっぱりひと月くらいかかった。扉は観音開きで、内側に打ち掛け錠がついている。内側から見て左側の扉に回転金具で棒が取り付けられていて、これが右側の扉にある受け金に落ちて施錠されるしくみだ。棒は大人の男の腕ぐらいある樫《かし》の木でできていて、一度掛けられたら外からは絶対に開けられないだろう。

土間には最新のへっついと料理台、それにヤスがどこかから買い付けてきた、人一人がすっぽり入るくらいの大甕《おおがめ》。板の間には文机《ふづくえ》と布団くらいしかない。壁は漆喰《しっくい》で塗り固められていて、東側に掛け金がついた板戸の窓、西側に明かり取りの小さな窓がある。

けして広くはないが、男一人で暮らすには十分な家だ。そしてこの家の特徴は何と言っても奥に少しだけつけられたくぼみだ。そこだけ切り取られたように床板がなく、地面から二股の竹が我がもの顔で生えている。天井にも竹のための穴が開いているが、雨が降っても家の中には降り込まないように設計されている。

「立派な家ができたじゃねえか」

「本当に、立派ですね」

「へへ、シゲさんとかぐやのおかげです」

ヤスは照れたように頭を下げると、俺に言った。

「この家を集落のやつらにお披露目《ひろめ》したいと思うんですが、同時にかぐやの裳着《もぎ》と髪上《かみあ》げもやりませんか？」

女の成人の儀式のことだ。ひだのついた裳《も》を着せ、振り分け髪をまとめて後ろに垂らす。実際、かぐやはもう十六歳くらいの見た目になっていて、やってやらなきゃいけないだろうと俺も少し前から思っていた。

妙な話だ。女には二度と関わらないと誓って都を離れた俺が、結婚もしないまま女の親になってしまった。ヤスも少なからず、俺と同じような心持ちになっていたのだろう。

「ああ、そうだな」

「でもやるとなると……」

言いにくそうなヤスの表情の意味を、俺はわかっていた。裳着と髪上げをやるなら、近隣の集落の有力者たちを呼んで、盛大な宴《うたげ》を開くべきだ。たった三人での儀式なんて寂《さび》しくて、かえってかぐやに申し訳がない。だが、俺は人嫌いときている。大勢を家に呼ぶなんて、俺が嫌がるだろうと気を使っているのだ。

「ヤス。うちに人を呼ぶ。お前がみんなに声をかけてくれ」

「いいんですか？」

ヤスの表情が明るくなった。

「せっかくの晴れ舞台だ。どうせなら都から位の高い男連中も呼んで、かぐやの美しい姿を見せつけてやろう」

かぐやも乗り気のようで、にこりと笑った。

俺たちは幸せだった。――あんな悲劇が待っているなんて、俺はまだ知らなかった。

三、

その日、客人たちはまず、ヤスの家を訪問した。斜貫の集落の人間はその立派な家に感心していたが、都から来た貴族の男たちの反応はいま一つだった。二股の竹は珍しいが、広くはない家だ。こんな狭い家で暮らすなんてと、むしろヤスのことを憐《あわ》れんでいるようだった。

だが、俺の家で行われた裳着の儀では、その貴族たちからどよめきが起きた。裳を身に着け、髪を上げたかぐやは、この世のものとは思えない美しさだったからだ。実際、かぐやの周りには神々しい光がきらめいているようだった。俺の顔をちらりと見て恥ずかしそうに笑うかぐやに、心の臓が跳ね上がりそうになった。

人が大勢集まる宴なんて、まっぴらごめんだと思っていたのに、酒が入ると俺は楽しくてしょうがなくなった。貴族どもに話しかけては、「それにしても美しいお嬢さんですな」という言葉を聞いて満足した。三十そこそこの独り暮らしの俺にかぐやのような娘がいることを不審がっていただろうが、俺の機嫌を損ねて宴席から追い出されるのを嫌がってか、誰もそこには触れなかった。

夜は更《ふ》けていったが、帰ろうとする者はいなかった。そのうち、酔って気が大きくなったのか、熊のように大柄で毛深い男が俺の前にやってきて、「私はかぐや様がすっかり好きになってしまいました。なのでかぐや様を、私の妻として迎え入れたいのです」と言い出したから大変だ。

「お待ちください！」

「抜け駆けなど、知能のある者のすることではござらぬ！」

「身分や力があっても、財がなければ幸せにならんでしょう」

追随するように三人もの若者が押し寄せてきた。そのあまりにぶしつけな態度に、俺は久々にかっとなった。

「うるせえっ！」

怒鳴り付け、壁に立てかけてあった竹棒を手に取った。ばしりと床を打つと、四人の若者は静かになった。

「かぐやはうちの大事な娘だ。今日会ったばかりのやつに、やすやすと嫁に出すわけがないだろう！」

「シゲさんの言うとおりにございます」

かぐやが静かに後を続けた。

「私は、あなた方とは結婚できません」

「聞いただろう？　さっさと失《う》せやがれ」

俺は無理やり宴を終わらせ、四人の若者だけではなく他の客人どもも追い返した。

ところが、この四人はあきらめなかった。

次の日、俺がいつものようにかぐやと竹取に出ようとすると、そこに、昨晩の宴にきていた髪の毛の長い若い男が立っていて、さっとかぐやに小さな包みを差し出した。

「おはようございます」

顔を斜めに傾け、歯を見せてさわやかに笑う。石作《いしづくり》の皇子《みこ》と言い、都の貴族の息子だった。男の俺から見ても明らかな、一万人に一人いるかいないかというくらいの美男子だった。

「こちらは、かぐや様のことを想いつつ私が調合した香《こう》でございます。どうぞお受け取りください」

「困ります」

かぐやは拒否したが、石作は表情を変えず、あは、と笑った。

「それはお困りでしょうね。このような美しい顔の男に迫られては。都の女どもも皆、そうだったのです。私ほどの美しい顔を持つと、歩けば女のほうから寄ってきます。もし私に香など渡されようものなら、女どもは卒倒して目を回すでしょう。そんな私が、あまたの女を退け、あなたを妻にしたいと申し出ております。私とあなたとの間になら、さぞ美しい子どもが生まれるでしょう。どうして断るなどということがありましょうか」

容姿の自信に裏づけられた、聞いていて虫唾《むしず》しか走らない求婚だった。そのとき、

「振仰《ふりさ》けて〜若月《みかづき》みれば〜一目《ひとめ》見《み》し〜人の眉引《まよびき》〜念《おも》ほゆるかも〜……」

甲高い声が聞こえた。すぐそばの藪《やぶ》から、紅葉の模様の扇をぱちぱちと鳴らしながら、細面《ほそおもて》で目の小さい男が現れた。

「これは私としたことが申し訳ございません。つい万葉の恋の歌を諳《そら》んじてしまいました。私ほどの秀才になると、恋をしていても枯れずの井戸の水の如く知性が溢《あふ》れ出て困

ります る」

車持《くらもち》の皇子。石作と同じくらいの家格の貴族の息子だが、すでに宮中の要職にある。幼い頃から神童と称されるほどの秀才であり、わずか十二歳で政《まつりごと》に参与したということだった。

「かぐや様、このような見かけ倒しの男はおやめなさい。私との間にならとても頭のいい子どもが生まれるでしょう。頭がよくなければ幸せになれません。もしかぐや様に少しでも男を見る目があるのなら、誰を夫とすべきかなど明らかなことでしょう」

いちいち鼻につく物言いをするやつだ。

ふたりともごめんだと怒鳴り付けようとしたそのとき、

「いくら言われても、私がお嫁にいくことはありません」

かぐやが強い語調で言った。怯《ひる》んだ二人を尻目に、俺たちは竹林の奥へと入る。

するとどうだろう。少し開けたところに毛氈《もうせん》を敷き、五人の従者を従え、金ぴかに光る椅子に腰かけてぽろろんぽろろんと琵琶《びわ》を奏《かな》でている男がいた。背後には、瑠璃《るり》をあしらった立派な輿《こし》がある。

「ご機嫌麗《うるわ》しゅう、お義父《とう》様、かぐや姫」

餅《もち》のように膨らんだ顔のこの男は、右大臣《うだいじん》、阿部《あべ》のみむらじ。かなりの財産持ちであり、難波《なんば》と吉備《きび》と磐城《いわき》に別邸を持つという。見たこともないきらきらした刺繍《ししゅう》を施した七色の狩衣《かりぎぬ》を身に着けており、歯という歯に金箔を貼っている。悪趣味という言葉しか見つからなかった。

「そこで何をしているんだ」

俺が訊ねると、阿部はぽろろんと琵琶を奏で、「決まっているじゃありませんか」と笑った。

「わが妻を迎えにきたのです。さあかぐや姫。この輿で参ろうぞ。この世に二つとない豪邸で、甘い甘い暮らしをはじめるのじゃ」

「嫌です。行きましょう、シゲさん」

「な、なぜです。私はこんなに金持ちなのですよ」

ちゃりんちゃりんと懐から黄金を出してまき散らす阿部を振り返ることもなく、かぐやは竹林を進む。阿部の姿の見えなくなったところで、俺はいつもどおり竹取の作業をはじめたが、すぐに別の邪魔が入った。

「やあ！　こんなところにいらっしゃった！」

雷のようなガラガラ声が響いたかと思うと、俺とかぐやの前にどさりと黒い塊が投げ出された。猪だった。その後ろに立っていたのは、大伴《おおとも》の御行《みゆき》。昨晩、いの一番にかぐやに求婚した熊のように毛深い大男だ。

「今朝、我が領地である山で獲ってきたのです。私は狩りが趣味でしてな、私と結婚すれば毎日うまい猪や鹿が食べ放題。紀伊《きい》の別荘では釣りもできますぞ」

がっはははと豪快に笑う。こう見えてこいつは大納言《だいなごん》という要職にある。政や学問、詩《しい》歌《か》ばかりの頭でっかちな貴族にはなりたくないと、自ら山や海に出て体を鍛えていると豪語しており、粗野でうるさい男だった。なよっとした他の三人よりはいくぶんましな気もしたが、がさつで、汗臭い。かぐやは、この男にも猪にも魅力を感じない様子だ。

「私は誰とも結婚できぬのです。もう今日は帰りましょう、シゲさん」

かぐやはそう言って俺の手を引く。振り返ると、大伴のやつは寂しそうに俺たちを見送っていた。ともあれ、これで昨晩求婚をしてきた四人がすべて現れたことになる。

ところが、さらにもう一人待ち伏せをしていた。

「あ、あの!」

藪の陰から飛び出てきたそいつは、いきなりかぐやの前にひざまずくと、両手で何かを差し出した。白く丸い石だった。

「かぐや姫様、わ、わ、私は身分も低く、財もなく、一生懸命勉強しても中納言《ちゅうなごん》にしかなれない、つまらない男です。で、で、でも、あなたを愛する気持ちだけは、誰にも負けません。どうか、け、け、結婚してください!」

聞いているだけで恥ずかしくなるようなダサい言葉を吐いたこの男は、石上《いそのかみ》の麻呂《まろ》足《たり》。ヤスの幼い頃からの友人で、斜貫に住むようになってからもちょくちょく会っては旧交を温めているらしい。昨晩の宴にも、ヤスに招待されて参列していた。あの場で求婚はしなかったものの、ひそかにかぐやのことを思っていたのだろう。

自分で言っている通り、貴族だが他の四人よりは身分は下だ。背は低くてやせっぽち、生白い顔はできそこないのおたまじゃくしのようで、お世辞にも美男とは言えない。

「何ですか、これは」

かぐやは石上の手の中にあるそれを怪訝《けげん》そうに見た。

「かなぶん石です。かなぶんに似ていますでしょう？」

「はあ……」

「わ、私は子どもの頃から、む、虫が好きでした。これは、福原《ふくはら》の国司に仕えていた、ち、父が見つけて、もも、持ち帰ってくれたもので、私のた、宝物なのです。ど、ど、どうか私の真心と思って、受け取ってください」

顔を真っ赤にして訴えるその男は、変わってはいるが、少なくとも他の四人よりは誠実に思えた。かぐやも同じように感じたのか、じっとその石を見つめている。

とそのとき、石上の胸元からもぞもぞと本物のかなぶんが二匹、這《は》い出てきた。

「あっ、こら」

石上は慌ててそれをしまい込む。やつの飼っているかなぶんのようだ。

「石上様。残念ですが、私はあなたと結婚することはできません」

それを機にとばかりにかぐやは、かなぶん石を石上に押し返し、再び俺を促して歩き出す。

「美しすぎるのも、困りものですね」

かぐやがそうつぶやいたことに、俺は少し驚いた。こういう驕《おご》った物言いを聞いたことがなかったからだ。だが、裳着の儀の晴れ姿で、かぐやも自分の美を認識したのだろう。俺はそう考えることにした。


その後、うちにやってきたヤスと俺は昼飯を食った。

「そうですか。石上のやつが」

はは、とヤスは笑った。

「あいつ、最近様子がおかしいなと思っていたんですよ。話しかけても生返事で、子どもの頃の話をしていても、昔のことなんか忘れたって突っぱねたり。かなぶんを飼っていたでしょう?」

「ああ」

「あれだって、ちょっと前までは一匹を大事に育てていたんです。それが最近じゃ、何匹も着物の中に忍ばせるようになりました」

虫を愛《め》でる男……やはり、変わっている。

「まあ、やつの母ももう歳ですし、早く身を固めたいと思っていたのはたしかです。それにしてもあいつが、かぐやみたいな絶世の美女に求婚とは。みんな大人になりますよね」

懐かしそうに天井を見上げる。幼馴染《おさななじみ》というのはいいものだと、俺は素直に感じた。

「ヤスはあいつとかぐやが結ばれてほしいと思うか」

「思わないことはないですが、かぐやにその気がないのならしかたないでしょう」

かぐやは眉をひそめている。かなぶんを飼う男など好みではないという表情だったが、何か別のことをじっと考え込んでいるようにも見えた。

「なあ、かぐや。お前は裳着も済ませたことだし、立派な大人だ。嫁にいってもいいんじゃないか。年頃の男と女は結婚する。そして家門が発展する。これがこの世の人間の道理だ」

ぷっ、とヤスが吹き出した。

「誰が言ってるんですか」

女に懲《こ》りて一生独り身でいることを誓った俺が、こんなことを言うのがおかしかったのだろう。

「俺だって、自分で言ってておかしくなるぜ。だが、かぐやには普通の幸せを獲得してほしいんだ。何も石上と結婚しろと強要してるわけじゃねえ。他のやつもくせはあるが、みんな貴族だ。条件は悪くないと思う」

「……わかりました」

かぐやは言った。

「ただ、深い愛情を注いでくださる方でなければ嫌ですから、その愛情の深さを測りたいと思います」

「愛情の深さ？」

俺とヤスはそろって首をひねった。

「私の言う〈ゆかしき物〉を持ってきてくださった方となら、結婚を考えてもいいでしょう」

翌日、俺は五人の求婚者を家へ呼び寄せた。かぐやは奥の間にいて、五人とは顔を合わせない。

「集まってもらったのは、お前たちの求婚についてだ。かぐやは自分の望みの物——〈ゆかしき物〉を持ってきた男となら結婚を考えると言った」

俺の宣言を聞き、五人から歓喜の声が上がった。しかしすぐに石作の皇子が不思議そうに訊ねた。

「ところでその〈ゆかしき物〉というのは、何です？」

「世にも珍しい、手に入れにくい品物だ。五人それぞれ、違うものを求めてきてもらう」

俺は膝の上に置いてあった紙を手にして、読み上げる。

「石作の皇子。お前は、仏の御石の鉢を持ってこい」

「ほとけの、みいしの、はち？」

石作は目をぱちくりさせている。

「仏が使っていたひとりでに光る鉢で、思いのままの光景をどこにでも映し出すんだそうだ。天竺《てんじく》（インド）にある」

「てっ、天竺！」

石作は白目を剝《む》いた。せっかくの美男子が台無しだ。俺はかまわず先を続ける。

「車持の皇子。お前は、蓬萊《ほうらい》の玉の枝《え》を持ってこい」

「何ですか、それは？」

知力を鼻にかける男が、聞いたことがないというように顔をゆがめる。

「東の海の蓬萊山に、根が銀で、幹が金で、白い玉の実をつける植物がある。その枝は、さすると自由自在に伸びるらしい。それを一本持ってくるんだ」

はぇーと口を半開きにする車持。

「次、阿部のみむらじ。お前は、火鼠の皮衣だ」

「ひねずみのかわぎぬ……聞いたことがありませんな」

「唐（中国）にいる火鼠という獣の皮だ。羽織ればどんな業火の中でも髪の毛一本焼けることなく歩けるそうだ」

「それは、いかほどで手に入りましょうか？」

「知るか」俺はうんざりして答え、次の男に顔を向けた。「大伴の御行。お前はうるまの国（沖縄）の海に棲む龍の首の玉だ。軽くこすれば家の中に入るほどの小さな竜巻、はげしくこすれば村を壊すほどの大きな竜巻を巻き起こすらしい」

「ほほう！」

この男は、今までの三人とは反応が違った。

「龍は一度狩ってみたいと思っていた獲物です。その首の玉をご所望とはさすがかぐや様。この大伴、必ずやうるまの国より、持ち帰って見せましょうぞ」

豪傑大納言だけのことはあって、威勢がいい。俺は最後の求婚者のほうを向いた。

「石上の麻呂足。お前は燕《つばめ》の子安貝《こやすがい》を持ってこい」

「そ、そ、それは、な、な……」

隣で龍への闘志を燃やしてうぉぉと奮起する大伴にびくびくしながら、石上は問うた。

「蝦夷《えみし》よりさらに北方（北東北地方）の海沿いの崖に住む岩燕が、巣の中に置いている小さな貝だ。燕にとっては安産の御守りだそうだが、人が持つと動物と会話ができるという不思議なものだそうだ」

「は、はい」

「いいな、五人とも。来年の八月の十五日、この家へもう一度集まるように。〈ゆかし き物〉を持ち帰った者をかぐやの夫とする！」

　昨日、かぐやに聞くまで俺も知らなかった不思議なものばかりで、どれも簡単に持ってこられるようなものではないはずだ。正直なところ、俺がじゅうぶん気に入るやつはいないが、女のための苦労をいとわぬ男なら、かぐやを幸せにすることができるだろう。

四、

　翌年の八月は、あっという間にやってきた。五人の若者が再びやってくる前日の十四日の夜、俺は家の広間でヤスを交えて三人で話をしていた。

「石作の皇子、車持の皇子、阿部のみむらじの三人はすでに斜貫の集落に入り、投宿しました。石作は薬師《くすし》の家、車持は祈禱師《きとうし》の家、阿部は豪商の都築《つづき》家です」

　竹の道具を売る仕事を相変わらず続けているヤスは、今日も集落に出かけ情報を集めてきた。のみならず、実際に三人に会ってきたようだ。

「しかしやっぱりあの三人はいけすかねえ。俺にわいろを渡そうとしてきました」

「わいろだと?」

「ええ。自分が選ばれるのは間違いないだろうが、万が一、かぐややシゲさんが難色を示そうものなら口添えを頼むと。その根性が気に食わなかったんで、怒鳴り付けてやりました」

「待て。自分が選ばれるのは間違いないと三人とも言ったのか? じゃあ、〈ゆかしき物〉を持ち帰ってきたということか?」

「よくわかりませんが、そういうことなんじゃないですか」

まさか。仏の御石の鉢、蓬萊の玉の枝、火鼠の皮衣。そんなものを本当に持ってこられたのか。

「これからまた、集落に行って様子を探ってきます。ひょっとしたら他の二人もきてるかもしれねえから」

ヤスは俺の返事も聞かずに飛び出していった。

「なあ、かぐや」

そばにいるかぐやに俺は話しかける。

「もしお前の望みの物を持ってきたやつが二人以上いたときは、どうするつもりだ?」

かぐやは俺の言葉が聞こえているのかいないのか、ぼんやりと中空を見つめているだけだ。

「おい、かぐや」

「は、はい？」

慌ててかぐやは俺のほうを見る。ここのところ、かぐやの様子は変だった。夜になると、月を見上げてぼんやりと物思いにふけっている。結婚をことさらに拒絶するかぐやのことだから、恋などではないだろう。

「なあ、最近、何を考えているんだ？」

「別に、なんでもありません」

「そうか……」

月を見上げているのでもしや……と思うことがあるが、あまり深く詮索《せんさく》しないのが、俺の主義だ。話したくなれば、かぐやのほうから話してくれるだろう。

やがて夜が更け、俺たちは眠った。


「シゲさん、シゲさん」

「んー？　どうした？」

かぐやに揺り起こされ、俺は目を覚ました。起きるにはまだ早い。

「なにやら焦げ臭い気がして、玄関から出てみたのです。そうしたら、ヤスさんのおうちが……」

かぐやが青ざめていた。

俺は跳ね起き、玄関へと走った。ヤスの家は俺の家から少し下ったところだ。戸を開けると、竹林の向こう、朝ぼらけの中に橙《だいだい》色の光と煙が見えた。

「ヤス！」

竹棒を取り、俺は走って家を出た。

ヤスの家は炎に包まれていた。漆喰で固められた壁と扉、瓦葺《かわらぶき》の屋根は今のところ無事だ。だが、東側の閉められた板戸の窓の隙間からは黒煙がもうもうと出ていて、むかし都で見た地獄絵を思い出させた。俺はすぐに観音開きの扉を開こうとした。鉄製の取っ手が熱くなっていて触れたものではない。取っ手に竹棒を通して引っ張ったが、びくともしない。

「シゲさん。開かないのですか？」

ついてきたかぐやが後ろから心配そうに訊く。

「ああ。錠がかけられているんだ」

「ということは、ヤスさんは中に……」

泣きそうな顔だった。違いない。この家には人が出入りできる扉はこれしかない。ヤスが内側から錠をかけたのだ。

「ヤス！」

俺は叫びながら、東側の窓に向かった。扉が開かないならあの板戸を破って入るしかない……と思っていたら、ぼん、と板戸が外れてこちらに落ちてきた。板戸を見ると、内側の掛け金はしっかりとかけられていたようだ。窓から、ごうごうと炎が吹いている。

「梯子を持ってくる」

家へ戻ろうとする俺の手を、かぐやがつかんだ。

「梯子を使って何をするおつもりですか」

「この窓から入って、ヤスを助けるんだ」

「おやめください。そんなことをしたら焼け死んでしまいます」

「じゃあ、どうすりゃいいっていうんだ？」

大声を上げた俺の顔が怖かったのか、かぐやは怯《ひる》んだ。刹那《せつな》、悲しげな表情になったかと思うと「私にお任せください」と言った。

「なんだと？」

「本当は、シゲさんの前で見せたくなかったのですが」

燃える家のほうを向くと、かぐやは両手を天高く掲げた。そして何やらもごもごと呪文を唱えはじめた。とたんに、周囲の竹がざわざわと揺れ、どこからともなく黒雲が立ち込めてきた。

「かぐや、お前……」

つぶやく俺の頭にぽつりと水滴が落ちた。そして、すぐに大雨になった。

美しい人間の女に見えて、やはりかぐやは怪しい世界の者らしい。雲を操ることができるなんて。

あっけにとられた俺の前で、かぐやの黒雲は窓から家の中に入っていく。しゅうという音とともに炎の勢いは収まっていき、やがて鎮火した。

俺は梯子を持ってきて、その窓から中へ入った。火は消えたが、もわりとした白い煙で覆われていて何も見えない。出入り口の扉に近づくと、打ち掛け錠が受け金にしっかりはまっているのがわかった。その錠を外し、扉を開けると、煙が外へ出て部屋の中が見えるようになった。

真っ白だった壁も、磨き上げられたようにぴかぴかだった床も、無残に黒焦げになっている。二股の竹も焼け、玄関脇の大甕も黒焦げだ。そして——部屋の中央に男が一人、仰向けになって倒れていた。服は燃え皮膚が焦げていたが明らかだった。

「ヤス……」

人を遠ざけて暮らしていた俺の、たった一人の友人は、こうしてこの世から去った。

五、

「なんと！　有坂殿が！」

甲高い声を上げ、車持の皇子は目を丸くした。

「それはそれは……、恐ろしいことです」

紅葉柄の扇を口元にあて、深々と頭を下げる。このわざとらしい姿が俺をいらだたせた。

かぐやを家へ帰すと、俺は一人で斜貫の集落まで下りた。ヤスの言っていた祈禱師の家まで行って板戸を思い切り叩いて家人を起こし、車持の皇子に会わせろと怒鳴った。俺の剣幕に緊急を感じたのだろう、家人は何も言わず、取り次いでくれたのだった。

「ヤスは、何者かに殺された」

湧き上がる怒りを抑え、俺は自分でも意外なほどの低い声で事の顚末《てんまつ》を車持に告げた。

「まさか。火の不始末ではないのですか」

「ヤスの胸には、刺された傷があった」

あのあと、悲しみと混乱の中で俺はヤスの遺体とその周りを検分した。すると、遺体のそばにヤスがいつも身に付けていた短刀が転がっていた。それでもう一度遺体を見て、胸の傷を発見したのだ。

「それでは有坂殿は刺殺され、下手人は火を放って家を抜け出たと申されるのですね」

「ああ。だが扉には内側から打ち掛け錠がかけられていた。板戸の窓も内側から掛け金がかけられていた。明かり取りの窓には鍵はないが、小さくて人が出入りするのは不可能だ」

「ほほう」

車持は瓜のように細長いあごに閉じた扇を添えた。憎らしいことに、その顔は楽しげだった。

「お前はヤスに恨みを持っていたな」

「恨み、ですって?」

「昨日の昼間、ヤスにわいろを渡そうとしたが、正義感のあるあいつはそれを突っぱねた。その態度が気に入らなかったのだろう」

「滅相もない」車持はぶんぶんと扇を振った。「あれはわいろなどではなくお心づけです。受け取りを拒否されたので、引っ込めたまで。それで私が有坂殿を殺《あや》めたと思われるのは心外でございます。私は日ノ本はじまって以来と騒がれたほどの秀才。『万葉集』も『懐風藻《かいふうそう》』も十の頃にすべて暗記し、帝《みかど》より直々に会いたいと言われたこともあるほどでございます」

自慢をまくしたてると、車持はこほんと咳ばらいを一つして、口元を緩ませた。

「それに、有坂殿がいかにお二人に悪評を吹き込もうとも、かぐや様が私の妻になるのはもう決まったようなもの。蓬萊の玉の枝はすでにわが手中にありますゆえ」

そう言って、部屋の奥の行李《こうり》を見やった。ヤスが殺された悔しさをひとまず押し込め、俺もその行李に目をやる。

「……手に入れたのか？」

「もちろん。大変な苦労をしましたが、私の長年の知識と天性の機智をもって、無事持ち帰ることができました。そのお話をして差し上げてもよいのですが」

うんざりだった。

俺の表情を読み取ったのだろう、車持はすぐに話を変えた。

「ただ、昨日の夕刻、表を歩いておりましたら、阿部のみむらじに会いまして、あやつめ、あの餅のような顔を満足そうにほころばせ、『火鼠の皮衣を手に入れた』と言っていました」

驚いた。かぐやの無理な要求を、車持のみならず阿部までかなえたというのだ。

とそのとき、「ああ！」と車持はヤマゲラのような声を上げた。

「堤殿。焼けた有坂殿の家の中に、たしか大甕がありましたね」

「あったが、それがどうした」

「有坂殿のご遺体をお見つけになったとき、中を覗《のぞ》きましたか？」

「何のためにだ？　覗くわけがねえ」

「中にいたのですよ、阿部のみむらじめが！」

何を言うかと思ったら。俺は車持の頭をはたいてやりたくなった。

「かぐやが雨で消すまで、あの家の中はごうごう燃えていたんだぞ。甕の中にいたって無事で済むものか。それこそ焼き餅になっちまう」

「阿部には火鼠の皮衣がありまする」

俺ははっとした。

「そうか。火鼠の皮衣を羽織っていれば、どんな業火の中でも平気でいられるんだったな」

「そのとおりです。燃えている間は、甕の中にいる必要すらないのです。きっと阿部は有坂殿にわいろでも渡そうと家を訪れたが、交渉が決裂し刺し殺してしまったのでしょう。失火で有坂殿が焼け死んだように見せかけるため、扉の打ち掛け錠と板戸の窓の掛け金をしっかりかけたうえで火を放ち、火鼠の皮衣を羽織ってじっとしていたのです。近くに住む堤殿が火事に気づき、助けにくることを予期して……。案の定、火が消されて堤殿が中へ入ってくるときに甕の中に隠れ、堤殿が有坂殿のご遺体に目を奪われている隙に外へ出たのでしょう」

あのとき、俺は煙を外へ出すために錠を外して出入り口の扉を開けた。すぐにヤスの遺体に目がいってしまったから、玄関のそばに置いてあった甕の中から阿部が出ていったとしても気がつかなかっただろう。

くっくっと、扇を口元にあてて車持は笑い出した。

「堤殿。私のところへ一番に来たのは幸運でしたな。私ほどの知性がなければ、真相にたどり着くことはできなかったでしょう。どれ、私もともに参りましょう」

いちいち鼻につくが、感謝はしなければならないだろう。

六、

「有坂殿が……。ほーう、それは……」

事件のことを話すと、都築邸の一番広い部屋をあてがわれていた阿部のみむらじは目をこすりながらぼやいた。寝るときまで金色の刺繍のほどこされた悪趣味なものを着ていた。

「お前、従者が五人、阿部を取り囲んで心配そうな顔をしている。

「お前、火鼠の皮衣を手に入れたらしいな」

俺は腰に差した竹棒に手をやりながら問うた。

「車持に訊いたのですか」

阿部の視線の先で車持はにやにやと笑っている。阿部は金ぴかの歯を見せてふっと笑った後で、

「まあそれはいいでしょう。この私に買えぬものなどありませぬ。もちろん、私が自ら唐へ行って買い付けてきたわけではございませぬが」

「何？」

「爪を切るのも鼻毛を抜くのも従者に任せる私が、どうして自ら唐などに行きましょうか。荒れる海に出て死んでしまったらどうするのです？『金でけりのつくことにわざわざ労を取るな』――これが阿部家の家訓でございます」

ふわああとあくびをすると、阿部は餅のように膨らんだ顔をごしごしとこすった。

「ここにいる常盤《ときわ》に行ってもらいました。……ちょうどよい。常盤、堤殿に火鼠の皮衣をお見せせよ」

「かしこまりました」

従者の中で最も若い男が一度奥の間へ下がり、緑色の布に包まれたものを持ってきた。布の中から出てきたのは、見たこともない赤い獣の皮だった。

「火鼠ははるか古《いにしえ》に人の手で獲り尽くされてしまい、もう唐にはおりませんでした。これは唐の都、長安《ちょうあん》よりさらに西に百里ばかり行った村の老人が家宝として持っていたものを、船が五十隻買えるほどの金と引き換えにようやく譲ってもらったのです」

ほほと阿部は口に手を当てて笑った。

「すべては阿部家の財力をもってこそ可能なこと。どうです堤殿、他の貧乏人どもより私に嫁いだほうが、かぐや様が幸せになれるのは目に見えておりまする」

今の俺にとって、こいつの金持ち自慢などどうでもよかった。

「常盤とやら、これを羽織ればどんな火の中でも熱くないというのは本当なんだろうな」

「ええ、それはもちろん」

「この野郎！」

俺は竹棒で阿部に殴り掛かる。五人の従者が立ちはだかり、竹棒は常盤の額に当たった。

「なっ、何をされる、堤殿。気はたしかでございますか」

「白状しろ、阿部のみむらじ。そなたが有坂殿を殺したのだろう」

甲高く叫び、車持が早口でさっきの推理を述べる。阿部は血相を変えて首を横に振った。

「違います。そんなわけありませぬ」

「うるせえ。火鼠の皮衣でも羽織ってなきゃ、あの火の中にいられたはずがねえんだ！」

俺は従者どもを押しのけて阿部に馬乗りになった。むかしから頭に血が上ると、自分で自分を制御できなくなるときがある。竹棒を振り上げ、憎き仇《かたき》の頭に振り下ろそうとしたそのときだった。

「偽物なのです!」

常盤が叫んだ。

「何だと?」

「火鼠の皮衣など、見つからなかったのでございます……」常盤は泣きそうな顔をしていた。「それどころか長安の者は皆、私を笑いました。日ノ本の馬鹿どもはそのような鼠が本当にいると思っているのかと。私は愕然としました。しかし手ぶらで阿部様の下に帰ることはできません。私は大鼠の皮を五つ求め、向こうで名の通った革職人に縫合してもらい、名の通った染め物職人に赤く染めてもらったのです」

阿部の反応を見る限り、驚いた様子はない。事情は聞かされていたようだ。

「お前、騙《だま》そうとしたのか」

「ふん……、騙したのはどちらでございますか。いもしない動物の皮など」

阿部は開き直り、俺を体の上からどかした。

「私の財力をもってしてでも手に入らぬものを、他の者が手に入れられるわけはございませぬ。いずれにせよ、これでおわかりでしょう。火の中に私がずっといたなど、車持の妄言《もうげん》でございます」

言葉もなく、俺は阿部の顔を見つめていた。さすがの車持も、これには何も言い返さなかった。

阿部はもう一度、金ぴかの歯を見せてあくびをしたあとで、

「そう肩を落としなさらぬよう、堤殿」

と告げた。

「私は、誰が有坂殿を殺めたのか、わかりましたぞ」

「何だと？　言ってみろ」

「名指しできれば、かぐや様との結婚を考えてくださってもよいでしょうか」

「いいから言え！」

俺は阿部の胸ぐらをつかんだ。ごほごほと咳き込み、阿部は「大伴の大納言ですよ」と言った。

「大伴だと？」

「ええ。夕刻、車持めと別れたあと、集落へやってきた大納言と出くわしたのです。毛深く、汗臭く、すぐに腕っぷしと狩りの腕を自慢するあやつが私は嫌いですので避けようとしたところ、『待たんか金持ち』と私の襟首をつかみ、がっははと笑い出すではありませんか。大伴は言いました。『私は龍の首の玉を持ち帰ったぞ』と」

まさか。龍の首の玉を持ち帰ったなどと……。

「たしか龍の首の玉は、軽くこすれば小さな竜巻を巻き起こすのでしょう？　有坂殿を殺めて火をつけたのち、あの家の屋根を持ち上げるだけの大きさの竜巻を起こせばよいのです。さすれば、外へ出ることができましょう」

屋根を竜巻で持ち上げ、その隙間から外へ出る……金持ちらしい突拍子もない案だが、それなら扉の打ち掛け錠も窓の掛け金も関係ない。今や俺は、目の前の餅のように膨らんだ男の言うことが真実だと思えてきた。

「おい阿部のみむらじ。お前も来い。大伴の御行は腕っぷしが強いが、三人なら、暴れても押さえられるだろう」

七、

大伴の御行は集落の外れの荒れ地で野営をしていた。草を編んで作った寝台に腰かけ、ぱちぱちと焚火《たきび》をしていた。事件のことを伝えると、

「それはそれは……まあ、堤殿もどうです？」

大伴は言って、俺に小枝を差し出してきた。黒焦げになった蛙《かえる》が刺さっている。朝飯だという。

「俺はいい」

「そうですか。後ろの二人は？」

車持も阿部も、気味悪そうに首を振るだけだ。

「では失礼して」

大口を開け、うまそうに蛙の丸焼きを食いちぎる。荒れ地で野宿をし、朝っぱらから蛙を喰うなんて。こいつ、本当に大納言なのだろうか。

「有坂泰比良殿のことは、残念でしたな。わざわざ報告にお越しいただき、恐縮のいたり」

焚火に当てている別の蛙の木串の角度を変えながら、大伴は顔を曇らせた。

「ただ報告に来たわけじゃねえ。俺はお前がやったんじゃないかと思ってるんだ」

やつの手が止まった。焚火の向こうで、ぎょろりとした目が俺に向けられる。その顔は鬼のようにいかつかった。

「私が、有坂殿を？」

「そうだ。大伴の大納言、龍の首の玉を手に入れたそうだな」

「阿部から聞いたのですか。そうでございます。私はまず、うるまの国の荒くれ漁師どもと酒を酌み交わして仲良くなり、荒れ狂う海で龍と戦う術を教わり……」

「それはいい。今、玉を見せることができるか？」

大伴は怪訝そうな顔をしたが、何も言わずに岩の陰に置いてあった袋を取り出した。こんなところで野営しているとはいえ、やはり大納言、立派な繻子《しゅす》の袋だった。

「こちらです」

袋から取り出されたのは、鈍く光る玉だった。石のように見えるが、少し透けている。見せるには見せたが、俺に渡してくれる様子はない。いつでも竜巻を起こしてやるという構えに見えなくもない。村を壊すほどの竜巻を巻き起こされたら……いや、ヤスの死の真相を明らかにするためだ。怯んでたまるか。

「龍の玉は、そっとこすれば小さい竜巻を巻き起こす。お前はヤスを殺したあと、扉の棒を受け金に落とし、板窓の掛け金をかけ、火を放ち、小さい竜巻を巻き起こしたんだ」

阿部のみむらじの推理をそっくりそのまま、俺は話した。大伴はじっと俺の顔を見てそれを聞いていた。俺の話が終わってもまだしばらくじっとしていた。じりじりと蛙が焼ける嫌な臭いだけがあたりに満ちている。

やがて大伴は木串を取ると蛙の肉を噛みちぎり、咀嚼《そしゃく》した。

「正直に申しましょう」

それをごくりと飲み込んで、大伴は言った。

「龍の玉など、ないのです」

「なんだと？」

「それどころか、うるまの国の漁師どもも呪《まじな》いや踊りをして龍を呼び寄せようとしてくれましたが、いっこうに現れませんでした。困り果てた私を見かねた老人がくれたのが、これです。これなら龍の玉に見えぬこともないだろうと」

袖で、きゅっきゅと玉をこする大伴。竜巻どころかそよ風すら吹かない。

「お前も偽物を用意したのか」

「今日、堤殿とかぐや様には正直に申し上げるつもりでした。この大伴、生涯で最も大きな負けでございます」

大伴も下手人ではなかった。徒労感に襲われた俺に、大伴は優しく言った。

「お気を落とされまするな、堤殿。話を聞いていて、おぼろげながらわかりましたぞ。有坂殿を殺めた者の正体が」

「なんだと、誰だ？」

「石作の皇子です。実は日が暮れる少し前、私はすぐそこで、石作の皇子と会ったのです。『天竺まで行った甲斐があった。かぐや様は私のものです』とあやつは言い放ちました。仏の御石の鉢を手に入れたのでしょう」

石作の皇子までもが。

「仏の御石の鉢は光を操り、思いのままの光景をどこにでも映し出せるというものだが……それでどうやってヤスの家から外へ出てくるというんだ？」

「そもそも、堤殿とかぐや様が駆け付けたとき、火などなかったのです」

大伴の答えは、俺を唖然《あぜん》とさせるものだった。車持や阿部も怪訝そうな表情だ。

「石作の皇子は有坂殿を殺害したのち、有坂殿自身による失火に見せかけるため、扉の打ち掛け錠と窓の掛け金をかけ、まず火をおこし、家の中を焼いて回ったのです。ただしそれは火災を起こすほどのものではなく、家屋の内部を焦がすだけにとどめたのでしょう」

そんな器用なことができるだろうかと思ったが、何も言わず、先を促した。

「そうしたうえで、仏の御石の鉢の力を使い、あたかも中でごうごうと火が燃えているかのように見せたのです」

今朝のあの炎が幻だって？　疑問を抱く俺の前で、大伴はぱちぱちと燃える焚火をじっと眺《なが》めている。──たしかに炎という存在は触れられるようなものではなく、光の現象だ。俺は自分の記憶が信じられなくなってきた。

「……しかし、俺が中に入ったとき、仏の御石の鉢などはなかった。もちろん、石作の姿も」

「大甕でございますよ」

車持が口を挟んだ。

「阿部のみむらじが殺めたのではと、私が推理した方法を使えばよいのです」

つまり、大甕の中に潜み、俺が扉を開けたあと遺体に釘づけになっている隙に、そっと逃げ出すというやり方だ。大伴の御行もその内容を聞き、「そういうことでしょう」と同意した。

「火鼠の皮衣は偽物でしたが、仏の御石の鉢を使えば、同じことができまする。やはり、三国にこの男ありと称えられた私の才は正しい真実しか導きえないのでございます」

大伴の推理を途中から横取りした車持はすっかり元気をとりもどし、扇でぱたぱたと胸元を扇いでいる。隙さえあれば頭の良さを自慢する男だ。

「しかしだな」

俺はその自慢たらしい口上を止めた。

「それは仏の御石の鉢が本物だった場合だろう。阿部の皮衣や大伴の龍の玉は偽物だった。石作のやつも同じように偽物を用意していたとしたら……」

心配する俺の前で、すっくと大伴が立ち上がった。

「それなら今から皆で、石作の皇子のもとへ参りましょうぞ」

八、

悪い予感は的中した。

「いいや、違う違う。違いますよ」

薬師の家へ行き今までのことを話すと、俺が竹棒を振り上げる間もなく、車持の皇子、阿部のみむらじ、大伴の御行という三人に迫られただけで、石作の皇子は否定した。日陰で育った梨みたいに青くなっていた。

「そんな、仏の御石の鉢で火事のような炎を現出させるなどと……」

「お前がやったのだろう。はっきりと言え」

大伴の、丸太のような太い手をするりとよけると、石作は四つん這いで部屋の奥へ逃げ、荷物の入った包みを引っ張り出してきた。

「こ、これが、明日、堤殿のお宅へ持参しようとした鉢ですよ」

見たこともない白い石の鉢だった。

「仏の御石の鉢というのは、自ら光っているのではなかったか。これは見たこともないつるつるとした石だが、光っているようには見えん」

大伴の御行が口にした。たしかに、かぐやはそう言っていた。すると、車持の皇子がくっくっと笑った。

「これは天竺ではなく、唐より遥か南へ行った大理《だいり》という国で採れる石だ。堤殿は騙せても、遠く海のことまで幅広く知っている私を騙すことはできぬ」

すると今度は、阿部のみむらじが笑う。

「鬼の首を取ったように自慢するものではないぞ車持。私は大理石など子どもの頃から知っておる。吉備にあるわが阿部家の別邸では玄関の土間と、風呂場の床に使っておるからのう」

こいつはこいつでむかっ腹が立つ。だがそれはさておき、俺は石作の皇子に質《ただ》さねばならぬことがある。

「石作。お前も本物の仏の御石の鉢を手に入れられなかったと見えるな」

石作は俺たちの顔を見比べるように眺め回したあとで、

「ええまあ、そういうことですよね」

あっさり認めつつ、長い髪の毛を白魚のような手でかきあげた。

「天竺までは行ったのですよ。ですがどんな物知りに訊ねてもそんなものはないというのです。困り果て、石に腰かけていたら、いつのまにか私の周りに女たちの人だかりができていました。しかたありません。天竺でも私ほどの美しい顔を持つ男は珍しいのですから。何人かの女は私に近づいてきて、胸元を見せたり太ももをちらつかせたりと色目を使ってきました。まあ、そのうち四、五人とは遊んでやりましたが、むしろそのくらいで済ませて、日ノ本へ帰国したことを褒《ほ》めてもらいたいものです。これほど美しい顔の私が一年ものあいだ、片手に収まるくらいの女としか褥《しとね》をともにしなかったことこそ、かぐや様への愛の証と言えましょう」

どいつもこいつも、まともなことを言わない。

「というわけで、私が有坂殿を殺せたわけがないのです。ところで堤殿。いったい火災について何をお悩みなのですか？　有坂殿のお宅には、明かり取りの小さな窓がありました。あそこは板戸がなかったでしょう」

「あの大きさの窓から出入りはできない」

「出入りする必要はありません。火のついた藁《わら》束か何かを放り込み、後から乾いた枝木の二、三十本でも投げ込めば、家を燃やすことはできましょう」

「顔の出来のいい男ほど、頭の出来が悪いのですね」また車持が口を挟んできた。「火のつけ方などには誰も悩んでないというのに。有坂殿は中で刺され、殺されていたのです。出入り口の扉の打ち掛け錠と、板戸の窓の掛け金をかけた下手人が、どうやって外に出たかというのが最大の謎であって……」

「いや、ですから」

石作は車持を遮った。

「打ち掛け錠と掛け金をかけたのは、有坂殿自身ではないのですか？　寝る前の戸締りです。夜半に訪ねくる女でもいれば施錠しないでしょうが、どうせあの顔じゃそんな女もいないでしょう？」

「戸締りしたとき、下手人も中にいたというのか？」

俺が問うと、石作は首を振った。

「いいえ。下手人は有坂殿が眠った後にあの家へやってきて、外から有坂殿を刺したのでしょう」

「どうやって？」

石作はさっきからさんざん馬鹿にしてくる車持のほうを見た。

「車持の皇子。お前は蓬莱山より、本物の玉の枝を持ち帰ったんだったな？」

「そのとおり。この中では、私だけがかぐや様ご所望の〈ゆかしき物〉を持ち帰ったのだ」

「その枝は長さを自在に操ることができるのだったな。幹は金。先はもちろん、鋭利にとがっているのだろう？」

石作が何を言いたいのかは明確だった。俺を含む一同の目が、知能自慢の車持に注がれる。石作は続けた。

「踏み台を使って明かり取りの窓から中を覗き、有坂殿が寝ているのを確認したお前は、玉の枝を差し入れ、有坂殿めがけて伸ばし、その先端で心の臓を刺して殺したのだ。有坂殿が短刀をそばに置いて眠っていたのは僥倖《ぎょうこう》だったが、あとで傷口をよく観察すれば、別のもので刺したのがわかってしまうかもしれない。それをごまかすため、遺体を焼いてしまおうと考えたお前は、火のついた藁を放り込んだ」

顔の出来のいい男ほど頭の出来が悪い。車持の言ったことは的外れのようだった。俺はこの色男の言うことに、場違いにも感心しそうになっていた。

「おい車持。お前がやったのか」

「ま、まさか堤殿。顔ばかりよくて、頭の中身のからっぽなこの男の言うことを信じるというのですか。私はこの男より百倍、千倍、万倍、頭がいいのですよ?」

岩のような体が俺の横で動いた。

「ならば、殺害の計画もすぐに練れるというものだなあっ?」

「ぐえっ」

大伴の毛むくじゃらの右手が車持の喉に入った。車持の体はそのまま、宙に持ち上げられた状態になる。

「やい車持、白状しやがれ」

「ぐえっ……お、おのれ大伴のだいな……ぐえっ」

そのとき、背後から、「あの」と声がかけられた。俺を含む一同が振り返ると、この家の主である薬師が、一人の小僧とともに立っていた。

「この小僧が、車持の皇子殿にお話があるそうです」

大伴が車持から手を離す。どさりと落ちた車持は、喉元をさすりながらその小僧を見て動揺する。

「車持の皇子殿。祈禱師の家にご滞在と聞いていたのですが、訪ね歩いてこちらへ参りました。さっそくですが、代金をちょうだいいたしたく」

小僧は車持に、懐から取り出した紙を見せた。

「こちら、証文になります」

「どういうことだ？」

俺が訊ねると、小僧は目をぱちくりさせた。

「こちらの皇子殿は、先日、うちの工房に枝を注文なさったので」

「お、愚か者。ここで言うでない」

ばさばさと扇を振る車持を遮り、俺は続けるよう小僧を促した。

「玉の実のついた金の枝をご所望でした。初めての注文だと親方は張り切って作り、車持の皇子殿も、満足してお持ち帰りになりました」

「ということは……」

俺たちは車持を振り返る。

「あはは」

やつはごまかし笑いをした。何のことはない。こいつら四人が用意した〈ゆかしき物〉はみんな、偽物だったのだ。

九、

ヤスを殺した者ははっきりしない。だが、かぐやに〈ゆかしき物〉を持ち寄るその日に死んだのだから、求婚者の中にいるに違いないだろう。現場に行けばぼろを出すかもしれないと俺は考え、四人をヤスの家へ連れていった。

家財はすっかり燃えている。ヤスが自慢していた二股の竹も無残に焼けて、そんなものがそこにあった形跡すら残っていなかった。四人の男たちはそろって顔をしかめているが、疑いを解くわけにはいかない。

ヤスの遺体には、阿部のみむらじが持ってきた赤い反物がかけられている。死んだ後に贅沢《ぜいたく》してもしょうがないが、心づくしだというので、俺は阿部のやりたいようにやらせておいた。

扉の脇の大甕の中はきれいなものだった。今朝、中は見なかったが、たしかに人が隠れるにはじゅうぶんな大きさだ。熱さえ耐えられれば大丈夫だろうが、火鼠の皮衣も、仏の御石の鉢も――それどころか、この四人の持ってきた〈ゆかしき物〉はみんな偽物なのだ。

「やはりわかりませんな。この打ち掛け錠と、窓の掛け金を内側からかけておいて脱出するなど、人間の仕業とは思えぬ」

打ち掛け錠の受け金をしきりに調べていた大伴が言ったのをしおに、俺たちは現場を後にすることにした。扉を開けてぞろぞろと外へ出たそのとき、斜貫の集落へ通じる道から、見覚えのある男が足を引きずりながらやってくるのが見えた。

「おい、石上の麻呂足じゃないか」

俺が声をかけると、石上はひょこりと頭を下げ、ゆっくりゆっくりと歩いてくる。右足を怪我《けが》しているようだ。よく見れば、右手も首から布で吊っており、顔にも大きな傷ができていた。

「み、み、皆さま、おそろいで」

石上はおろおろとしながら俺たちを見回し、「わっ」とのけぞった。ヤスの家の惨状に、ようやく気づいたようだった。

「ヤスが死んだ。しかも、出入り口と窓は中から閉じられていた」

「は、はははい？　はい？」

混乱したように頭をかきむしる石上の胸元から、ぞろぞろとかなぶんが這い出てくる。

「相変わらず気持ちの悪いやつよの」

車持が顔をしかめた。俺は石上にも昨晩どこにいたのか聞こうかと思ったが、やめた。石上は五人の中でもっとも朴訥《ぼくとつ》で無欲だ。おまけにヤスは竹馬の友。殺すわけがない。

「とにかく俺の家へ来い。事情はそれから話す」

「は、はい」

「ところでお前、その怪我はどうしたんだ？」

ああ、と石上は頭を掻いた。

「つ、つ、燕の巣から子安貝を取るとき、じ、地面に、たた、叩き付けられたのです」

「そうか。かぐやはお前に子安貝を取ってこいと言ったんだったな。取れたのか？」

「は、はい。落ちましたが、こ、こ、この手にしっかり握っておりました」

石上は腰にぶら下げていた小袋の紐をほどいた。薄桃色の小さな貝が出てきた。

「どうせそれも偽物でしょう？」

鼻で笑うのは美青年の石作だ。石上には悪いが、俺もそう思った。かぐやはどの男と結婚するつもりもなく、ありもしない〈ゆかしき物〉を並べ立てたのだろう。

ところが……

「と、とんでもない。わ、私はこれで、あらゆる生き物と話せます。ちょ、ちょっとお待ちください」

石上の麻呂足は子安貝を口元に添え、天を仰ぎ、「小鳥たちよ集まれ、集まれ……」とささやいた。とたんに竹林のあちこちから小鳥たちが集まってきたかと思うと、石上の麻呂足の体に群がった。

驚く俺たちの前で、石上は再び子安貝に口を近づける。

「わ、私たちの上で回るのじゃ」

すぐに小鳥たちは羽ばたき、俺たちの頭の上で円を描くように飛び回った。

「も、もうよい。散るのじゃ」

小鳥たちはすべて、どこかへ飛んでいった。

「すごい……」阿部のみむらじが目を丸くしている。「このような宝、難波の阿部家の蔵にもないぞ」

「どうやら、勝負あったな」俺は満足して言った。「〈ゆかしき物〉を持って帰ってきたんだ。かぐやも文句は言えないだろう」

いつも不安そうな石上の顔が、少しだけ和《やわ》らいだ。

「これじゃ、しかたないですね」

石作の皇子がふっ、と息を吐いた。

「負けを認めるしかない」

「あっぱれだ、石上の中納言」

阿部、大伴もそろって石上を褒めた。車持の皇子だけが、どこか疑わしそうに石上を見ているが、負け惜しみすら言うのが悔しいのだろう。

「石上、さっそくかぐやに見せよう」

俺は、一同を引き連れて家へ戻った。

十、

いつのまにか日は傾き、あたりは薄暗い。

俺はかぐやを家から出し、石上は燕の子安貝の力をもう一度見せた。今度は小鳥のみならず、からすまでも操ってみせた。

「どうだかぐや、これが本物であることは間違いなかろう」

かぐやは石上の麻呂足から受け取った燕の子安貝をまじまじと見つめ、「ええ」とうなずいた。

「安心しました」

石上でよかったという意味だろう。俺はそう解釈した。

「ではかぐや、約束通り、お前は石上の麻呂足の妻になるな」

ところがかぐやは何も言わない。微笑みすら見せず、じっと石上の顔を見ているだけだ。その目に愛情は感じられない。嫌な予感がした。

「……かぐや。お前、今、安心したと言ったろ。この期に及んで嫌だなどと言い出すんじゃないだろうな」

「そ、それは困ります」

石上はすがるようにかぐやに言った。

「それでは、な、何のために怪我までして、これを取ってきたのか。わ、わ、私と結婚してください。こ、殺された有坂も、きっと、喜びます」

ああ、そうだ——と俺がうなずこうとした、そのときだった。

ぱちんと何かの音がして、おほほほほっと甲高い笑い声が聞こえた。

「ぬかったな、石上の麻呂足よ」

閉じた扇で石上を指しているのは、車持の皇子だった。

「なんだ車持。負け惜しみか？」

「いいえ堤殿。思い出して下さいませ。先ほど石上が現れたとき、堤殿は『ヤスが死んだ』としかおっしゃいませんでした。なぜ石上は、有坂殿が『殺された』ことを知っておるのです？」

俺は石上を見る。その顔が、みるみる赤くなっていく。

「え……あ……、ささ、さっき、有坂の家の前で皆さまにお会いしたとき、扉の隙間から、胸を刺された有坂が見え……」

「ほほほっ、人殺しめ、また余計なことを！　お前が有坂殿の家に来たとき、遺体には反物がかけられておった。それでどうして『胸を刺された』とわかるんじゃ。しかも有坂殿が胸を刺されたということは、堤殿から聞かねばわからぬこと。それを知っておるということは、下手人だということじゃ」

「あ……」

「だ、だが」信じられない俺は、車持に訊ねた。「打ち掛け錠と掛け金の問題はどうなる？」

「石上には燕の子安貝がありまする。げに恐ろしき道具です」

「子安貝でどうやって、閉じられた家から出るというのだ？」

「私の聡明な頭は、すべてを看破しましたぞ」

車持は石上に近づき、その胸元を扇の先で思い切りつついた。もぞもぞと、七匹ほどのかなぶんが這い出てくる。

「もとよりこやつはかなぶんを友としておりました。子安貝を手に入れた今、言うことを聞かせるのはたやすいことです。有坂殿を殺めた後、こやつは打ち掛け錠の棒を受け金のほうへ傾けた状態でかなぶんの大群を呼び、棒が倒れないよう扉にへばりつかせた状態で外へ出たのです」

「なんだと？」

訊き返しながら、俺にもそのからくりがわかってきたような気がした。

車持が続けた。

「かなぶんどもには、自分が外に出た後、扉から離れるように命じておきます。かなぶんどもの支えのなくなった棒は自然と受け金に落ちるという単純なしくみ。かなぶんならば、何百匹いようと、明かり取りの窓から飛んで出ていけましょう」

車持の皇子は今や、自分の秀才ぶりを見せつけるというより、目の前の朴訥な男をいじめるのが楽しくてしょうがないという顔になっていた。

「石上。車持の言っていることは本当か？」

「いいえ、言いがかりでございます。私は、そのようなこと、いたしておりませぬ」

その弁明には違和感があった。俺はすぐにその違和感の正体をつかんだ。よどみなくしゃべっている。それどころか、体の重心をしっかりと両足にかけてもいる。怪我などしていないかのように。

「石上、お前……」

俺が詰め寄ろうとしたそのとき、ぼうっ、と石上の体が光った。光の綱のようなものが、その体をぐるぐる巻きにしているのだった。

「ありがとうございます。車持の皇子」

そう言うかぐやを見て、俺は固まった。

十一、

かぐやの背後に、男がいた。

それは、俺だった。

いや、俺はここにいるのだから、俺であろうはずはない。だが、俺自身から見ても驚くほど、そいつは俺にそっくりだったのだ。石上の体をぐるぐる巻きにしている光の綱の端を、俺ではない俺はしっかり握っていた。

「ど……どういう……」

思うように口が動かない。それどころか、俺の体もいつの間にか黄色い光に包まれ、身動きが取れなくなっていた。

かぐやは石上に近づいていく。そして、両手で自分の顔を隠すと、すっ、とひとなでした。そこにはあの美しいかぐやの顔はなく、平べったい石のような顔があった。

「お、お前は……」

石上は目を見開き、逃げようとしているようだが、その足は何かにつかまれたように動かない。今さっきまで水を得た魚のように推理を並べ立てていた車持を含む四人の求婚者たちも、同じく驚愕の表情のまま固まっている。

「か……ぐ……や……どういうことか……説明しろ」

俺はわずかに動く口で、かぐやに問うた。

「黙っていて申し訳ありません。私は月の世界の探偵なのです」

「たんてい？」

「この地上にはまだない職です。『探《さぐ》り偵《うかが》う』と書いて探偵。罪を犯した者の秘密を暴き、捕える手伝いをする者——とでも申しましょうか」

そんな職が……？　すべての力を封じ込められながら全身の毛穴が開きそうになる俺の前で、平べったい顔になったかぐやは続けた。

「少し前のことでございます。月の世界で四十二人を殺し、宝物を強奪して回った、兎辺《うさぎべ》という大悪党がおりました。私ども月の探偵たちは兎辺の美しい妻、かぐのをおとりとし、捕縛を試みたのですが、すんでのところで逃げられてしまいました」

かぐの……だと？　俺の中でいろいろなことが覆っていく。

「そののち、兎辺めがこの地上に降りたという噂が入ってきたのです。やっかいなことに、月の者は姿を変えて地上へ降り立つことができます。兎辺のことですから、自分とはまったく違う顔の者を殺し、その者に成りすまして暮らしているに違いありませんでした。私どもは一計を案じ、私がかぐのとよく似た姿になって地上へ降り、兎辺をおびき寄せることにしました。逃げおおせた地上で、兎辺にないものといえば、美しい妻だけでございますから。かぐやと名乗ったのも、兎辺にかぐのを思わせるためです」

それがあの、美しい姿だったというわけだった。

「計画どおり私は、地上の竹の中に降り立ちました。降り立ってから成長するまでは、こちらの誰かの世話にならなければなりません。その点、とても優しいシゲさんに見つけていただいたことは幸運でした。ですがシゲさんは人嫌いで、ヤスさん以外の人とは交流を持ちそうにありませんでした。これでは私――かぐやの美しさが人々のあいだに伝わらず、兎辺をおびき寄せることができません。そこで、月に頼んで黄金を授けてもらい、家を建てるためにやってきた大工に私の姿を見せることにしたのです」

なんと！　俺に家を建て替えさせるところまで計画の一部だったというのか。

「私の目論見は成功し、斜貫はもちろんのこと、都にまで噂は広まりました。そして嬉しいことに、シゲさんとヤスさんは私をお披露目する会まで催してくれました。そうなれば、きっと兎辺が近づいてくるに違いない。月の男は女に断られるたびに心が燃えますので、初めの求婚は断るつもりでした。ところが、思ってもみないことが起きてしまったのです。私に求婚するお方が、五人も――」

俺は、裳着の儀の翌日、五人に言い寄られたかぐやのうつむき顔を思い出していた。

――美しすぎるのも困りものですね。

あれはけして驕りなどではなく、誰が兎辺かわからずに、本当に困っていたのだ。

「そこで私は別の方法を考えました。光を操る鉢、自在に伸ばせる玉の枝、火に強い皮衣、竜巻を起こせる玉、鳥獣と話のできる貝。地上にこのような力を持つものはありません。これらは、兎辺が月で盗んだ宝物なのです」

「な……」

うめき声を上げながら、俺は〈ゆかしき物〉を求めたかぐやの思惑をようやく理解した。地上の男に本物を持ってこられるはずがない。兎辺をおびき寄せるための罠だったのだ。

「ヤスさんは、石上の様子がおかしいことに気づいてらっしゃいました。昨晩、久々に会った彼を家に呼び、それを問い質したのでしょう。石上――兎辺は妙なことをシゲさんに吹き込まれれば、私と結婚できなくなるかもしれないと、ヤスさんを殺害したに違いありません」

へっ、とふてぶてしく兎辺は笑った。

「あの男め、俺を終始疑ってやがった。昨日はガキの頃に歌った唄を歌おうなんぞと言いやがって、面倒くさくなって殺してやったのよ」

体が動かないのが恨めしかった。この下衆《げす》野郎を殴り飛ばすこともできない。

「閉じた部屋からどうやって出てきたのか、私にはわかりませんでしたが……、車持の皇子が明らかにしたことが正しいのでしょう」

「地上の虫けらなんて、騙すのはわけねえや」

肯定するようにつぶやく兎辺に、俺はかろうじて動く口で問いかける。

「な……ぜ……火を」

どうして放火までしたのか。その問いに答えたのは、兎辺でもかぐやでもなかった。

「私です」

光の綱を握ったもう一人の俺だった。

「彼は捕縛を担当する者です。いよいよ兎辺を捕まえることができるという段になってまいりましたので私が呼んでおいたのですが、まさか、あの二股の竹に降りることになるとは……」

「堤殿が入ってきたとき、私は大きくなる途中でした。姿を見られてはいけないと思い、とっさに大甕の中に隠れたのでございます」

かぐやの説明に続き、もう一人の俺は言った。

俺は、かつてかぐやが口にした謎かけめいた言葉を思い出していた。

——男の人は地上に朝が訪れる頃、竹の中から炎とともに出てきます。少しのあいだで大人になり、好きな姿になって過ごすのです。

大甕の中に隠れたこいつが参考にできる人間は、初めに見た死んだヤスと、大甕の中から見た俺しかいなかった。死んだ者より生きた者ということで、俺の姿を選んだのだろう。月からやってきた兎辺が、地上の人間に成りすますために石上の姿になったように。

「ヤスさんの家が燃えているのを見たとき、私には彼が月から降りてきたのだとわかりました。しかし、ただ火事になっただけだったらヤスさんは逃げられるはず。不審に思いながら私は火を消しました。ヤスさんが刺されて殺されたのを見て、私は兎辺が近づいていることを確信したのです」

殺した者と、火をつけた者は別だった。そして後者は、かぐやの仲間だった……

「な……ぜ、だま……」

なぜ黙っていたんだ。その俺の問いを受け、かぐやの目に悲しみの色が浮かんだ。

「探偵とは、疑う生き物なのでございます」

——その……シゲさんは、違いますよね？

かぐやを拾ってすぐの頃、不安げな顔で俺に投げかけられた疑問。あれは「シゲさんは、兎辺ではありませんよね」という意味だったのだ！ 考えてみれば、かぐやと一番多くの時間を過ごしていたのは俺だ。俺が兎辺だったら、この地上で妻のかぐのと同じ美しさの女と暮らすという望みはすでにかなえていることになる。

——安心しました。

燕の子安貝を持ってかぐやが言ったあの言葉は、俺が兎辺ではなくて安心したという意味だったのか。

「シゲさんのおかげで、地上の暮らしはとても楽しゅうございました」

頭上から、まばゆいばかりの金色の塊が降りてきた。俺たちの頭上すぐのところに浮かんでいるのは、光る牛車《ぎっしゃ》だった。

これで、お別れなのか？　俺は目で問いかけた。

あの美しい顔ではなくなったかぐやは小さくうなずいた。

「本当に優れた探偵は、決して結婚などしないものでございます」

もがく兎辺を連れ、かぐやと俺によく似た捕縛の男は牛車の中に吸い込まれる。浮上する牛車が竹林の上に達するころ、俺たちはようやく動けるようになった。

「かぐや！」

俺の叫びは、宙に消えた。

牛車はゆっくりと、確実に小さくなっていった。俺も、残された四人も、ただ見送ることしかできない。胸の中には、いろいろな感情がうずまいていた。

竹の中で拾った女は、探り偵い、罪を犯した者を捕える手伝いをする者。心の底から人を信じることなど許されず、目的を達成するためには地上の男の運命など何人狂わせようが構わない。一番狂わされたのは……

「ヤス……」

胸の中の塊を吐き出すように、俺は亡き友人に向けてつぶやいた。

「女って本当に、ろくなもんじゃねえな」

空には見事な満月が浮かんでいる。

七回目のおむすびころりん

どれ、今日はみんなに、わしの知っとる「おむすびころりん」の話をしようかの。

むかしむかし、惣七《そうしち》という名の、それはそれは欲の深いじいさんがおったんじゃ。惣七じいさんはとにかく怠《なま》け者での、三日にいっぺん働けばいいほうじゃった。それでいて「どこからか金銀財宝でも降ってこないかのう」と、あらぬ夢ばかり見ておった。

ある日の朝、いつものように惣七じいさんは、働きもせず囲炉裏《いろり》のそばでごろごろしておった。すると、

「大変じゃ、じいさん、大変じゃ」

外で畑仕事をしておったはずのばあさんが、戸を開けて転がり込んできたんじゃ。

「なんじゃばあさん、騒がしいのう」

「とと、となりの米八《よねはち》さんのい、い、家に……」

ばあさんに外に連れ出された惣七じいさんは、米八じいさんの家の戸口の隙間から中を覗《のぞ》き、腰を抜かしてしもうた。土間がまばゆいばかりに輝いておる。見たこともないほどの金銀財宝が積んであるのじゃった。

「やい米八」

惣七じいさんは戸を開け、問いつめたんじゃ。

「お前、どうしたんじゃ、このお宝は」

「おお、惣七じいさん。嬉しいことじゃ。ねずみっこどもにこんな袋をもらったのよ」

「袋じゃと？」

「昨日のことじゃ。わしはいつものように、東のお山に木を伐《き》りにいった。昼になって腹が減ってきたんで、めしにすべえと岩に腰かけ、おむすびを食おうとしたが、うっかり手を滑らせて落としてしまったんじゃ。おむすびは、茂みの向こうにあった坂をころころと転がって、その下にある穴にすっぽり入ってしもうた。なにしろうちのばあさんのおむすびは、米がふっくら炊《た》けとってうまいからのう。ありゃあ、もったいないわいと、わしは坂の下の穴を眺《なが》めとった。そうしたら穴から、なにやら、妙ちきりんな唄が聞こえてきおったんじゃ」

おむすびころりん　すっちょんちょん
おてんとさまの　ごほうびか
おむすびうれしや　きっちょんちょん
おれいにおどろや　もちおどり

「その唄があまりに面白かったもんでな、わしはもう一つ、穴にめがけておむすびを転がしたんじゃ。そうしたらどうじゃ、また聞こえてくるんじゃ。それで、三つ持っていたおむすびをみーんな、穴に転がしてしまったんじゃ」

「何をしとるんじゃ、ばかばかしい」

「それでもまだ唄が聞きたかったんで、今度はわしが自分の膝を抱えておむすびのようになり、ごろごろと坂を転がっていったんじゃよ」

「ばかにもほどがあるわい。なんでおまえがおむすびの代わりになるんじゃ」

「まあ聞け、惣七じいさん。はっと気づいたら、わしは洞窟のようなところにおった。そこらじゅうに提灯《ちょうちん》がぶら下がっとって、明るいんじゃ。わしを囲んで驚いたような顔をしとったのは、ねずみっこたちじゃった。一匹の、年老いた茶色いねずみがわしの前に出てきて訊ねるんじゃ。『ひょっとして、さっきからおむすびを放り込んでくれていたのは、あんた様ですかいな』とな。そうじゃとわしが答えると、ねずみたちは大喜びでな。隣にいた良之助《りょうのすけ》ちゅう灰色のねずみが、『うれしいからお礼に餅《もち》をつきましょう』と言い出して、わしを広間に連れていくんじゃ。ねずみたちは、どこかから臼《うす》と杵《きね》を持ち出してきて、餅をつきはじめた。それでな、また唄を歌うんじゃ」

おむすびころりん　すっちょんちょん

おまけにころげて　じいさんも
おむすびうれしや　ぺっちょんちょん
おれいにつこうや　うまいもち

「わしゃ、楽しくなって、唄に合わせて踊りはじめた。そうしたら、ねずみたちも一緒になって踊り、餅を食ったり、酒を飲んだり。そんなふうに楽しんでいるうちにすっかり時間が経ってしまっての、おいとま❘することになったんじゃ。すると、長老のねずみが広間の奥にあった白木の扉を開いて、中からこの袋を取り出した。そいで、『これはおみやげです』ちゅうて、わしにくれたんじゃ」

「そんな汚らしい袋がなんでおみやげなんじゃ」

「それがな、『なんでも望みのものが手に入る袋です』と長老は言うんじゃ。わしは名残おしかったがお別れを言うて、最後はみんなに見送られて、穴から外に押し出してもろうた。それで、家に帰ってきて、ためしに『金銀財宝、出てこい』ちゅうて袋を振ったんじゃ」

「なんと。それで、この金銀が出てきたというのか」

「そうなんじゃ」

惣七じいさんは悔しいやらうらやましいやら。

「おい、米八」

惣七じいさんは、金銀財宝をちゃりちゃりと踏みしめながら米八じいさんに迫り、着物の襟をつかんだんじゃ。

「そのねずみの穴は、東のお山のどこにあるんじゃ。詳しゅう、教えんかい」

「や、山道を上っていって、てっぺんに着く前の分かれ道に、か、か、亀の形をした岩があるじゃろう。そのすぐ近くに坂がある。その下じゃ」

苦しがる米八じいさんから場所を聞き出すと、惣七じいさんは、ついてきていたばあさんを振り返った。

「ばあさん、何をしとるんじゃ。早《はよ》う、おむすびを作らんかい！」

一、

惣七じいさんが、亀の形をした岩のところまで上ってきたときには、とうに昼はすぎとった。岩のすぐそばに生《は》えとる栗の木の青々とした葉の隙間から、きらきらとこぼれる日の光が美しかったが、じいさんはそれどころじゃなかった。

「どこじゃ、ねずみの穴に向かう坂っちゅうのは」

惣七じいさんは四つん這《ば》いになり、岩の周りの茂みを探しはじめた。すると、

「およ、惣七じいさんでねえか」

誰かがじいさんの名を呼んだんじゃ。顔を上げると、隣村へ通じる山道のほうから、田吾作《たごさく》が近づいてきた。

「珍しいのう、怠け者のじいさんが山におるなんて」

「わしが山におって何が悪いんじゃ」

「そかそか。それよかじいさん、実はおっかあが病気での、医者が言うにはもう長くないそうなんじゃ。最後に、好物のあけびを食わせてやりたくて、おら、あけびを探しとるんじゃ」

「あけびじゃとお？　まだ夏も盛りをこえとらんのに何を言う。あけびは秋のもんじゃろうが」

「でも、どこかに一つくらい」

「ないない。今はない」

「そうかのう……」

この田吾作という若者は、じいさんと同じ村に住んでおるのじゃが、ちいと頭がゆるいんじゃ。

しっ、しっと惣七じいさんが手を払うと、「やっぱり、ないんかのう」と、村へ戻る山道を下りていった。

「まったく、おかしな邪魔が入ったわい」

ぼやく惣七じいさんの頭に、こつん。何かが落ちてきよった。

「あいた。なんじゃ」

頭上を見ると、葉の茂った枝の間を何かがさささっと走っていった。足元に転がっていたのは、青い栗のいがじゃった。それが、ころころと茂みのほうへ転がっていきよる。

これは、と思った惣七じいさんは、そのいがが転がっていった茂みをかき分けたんじゃな。

「あったぞ、あったぞ」

木の根が梯子《はしご》のように並んで、下りの坂道になっとる。その向こうに、ぽっかりと暗い穴が見えるんじゃ。

惣七じいさんはすぐに岩の上に置いてあった竹皮の包みをほどき、おむすびを三つともひっつかんで転がしたんじゃ。おむすびは吸い込まれるように穴に落ち、しばらくすると……

おむすびころりん　すっちょんちょん
おてんとさまの　ごほうびか

「聞こえてきおったわ」

惣七じいさんはすぐさま膝を抱えて丸くなり、ごろごろと坂を転げ落ちたんじゃ。

はっと気づくと、そこはたしかに、洞窟の中のような場所じゃった。そこらに提灯があって、煌々《こうこう》と灯っておった。

目の前に、じいさんの背と同じくらいのおむすびが三つもある。その周りで、白、黒、灰色、茶色、いろんな色のねずみたちが人間のように二本足で立ち、踊っておるのじゃ。

不思議なことに、ねずみたちはじいさんと同じくらいの大きさじゃった。

(おむすびの大きさから考えて、わしのほうが転がり落ちるときに縮んでしまったんじゃろう)

「わはは、楽しいのう」

一匹の黒ねずみが、おむすびの間からにゅっと顔を出した。顔も体も米粒だらけにして笑っとった。

「こりゃ、黒丸《くろまる》。おぬしはもうおむすびにかぶりついたんか」

杖をついた茶色の年寄りねずみが言うて、その頭にげんこつをくれた。そこでようやく、じいさんに気づいたんじゃ。

「おや、ひょっとして、おむすびを三つも放り込んでくださったのは、あんた様ですかいの」

ねずみと同じように、餅をついてお祝いしませんか」

「そうじゃ」

「こないだのじいさんと違うのう」

「長老。どうでしょう。このあいだと同じように、餅をついてお祝いしませんか」


長老と呼ばれたねずみの横にいた、背の高い灰色のねずみが言うたのじゃ。ねずみながらに、賢《かしこ》そうな顔立ちをしておった。

「そうじゃそうじゃ、良之助の言うとおりじゃ。餅をつこう」

まわりのねずみたちも同意し、長老も「うむ」とうなずいた。

惣七じいさんはねずみたちに案内され、やけに広い部屋へ通された。地べたに茣蓙《ござ》が敷いてあり、奥の壁には白木の扉があるんじゃ。

(おおあれじゃ。あの向こうに、米八がもらった袋があるんじゃ……)

部屋の中央には細い木で組まれたやぐらがあり、その上に、ねずみの頭の形をした釣り鐘がぶら下がっておった。

(ずいぶんひょろ長いやぐらじゃ、折れてしまいそうじゃ)

じいさんがそんなことを思うていたところ、若いねずみどもが、臼と杵を運んできた。

「それじゃ、はじめましょう」

米粒だらけのお調子者の黒ねずみ、黒丸が両手をあげ、音頭を取る。

おむすびころりん　すっちょんちょん
おまけにころげて　じいさんも
おむすびうれしや　ぺっちょんちょん
おれいにつこうや　うまいもち

ねずみたちは楽しそうに歌いながら、餅をつきはじめたんじゃ。

しかし、惣七じいさんはちぃとも面白くない。もとより、唄も踊りも大嫌いじゃった。すると、小さな白い娘ねずみが不思議そうな顔をして訊いてきたんじゃ。

「どうしたのです。踊らないのですか。前のおじいさんは踊ってくれたのに」

（米八のやつめ、面倒くさいことをしおって）

「わしは、踊りは苦手なんじゃ」

「そうでしたか。それなら、お酒をどうぞ」

白い娘ねずみは猪口《ちょこ》を差し出し徳利《とっくり》を傾けてきたが、じいさんはそれを無視した。ねずみたちの餅つき踊りはなかなか終わらず、じいさんは我慢ならんようになった。そして、あることを思いついたんじゃ。

（ねずみは猫が嫌いなはずじゃ。猫を真似《まね》して鳴いてやったら逃げていくに違いない。誰もいなくなったら、白木の扉を開ければいい。お宝をもたらしてくれるあの袋をいた

だいて、とっとと帰るとしよう）

そうと決まったら、待っているのは馬鹿らしくなった。惣七じいさんは立ち上がると、思い切り息を吸い込み、腹の底から叫んだんじゃ。

「にゃあああぁ〜っ！」

「猫じゃーっ」「いやーっ」「助けてーっ」

逃げ惑うねずみたち。杵は放り出され、臼は倒れて餅は砂まみれ。上を下への大騒ぎじゃ。よし、思った通りじゃ、と惣七じいさんはほくそ笑んだ。

ぱっと明かりが消えた。

真っ暗闇じゃ。

「猫はどこじゃーっ」「女、子どもは逃げるんじゃーっ」「いやーっ」

ねずみたちは相変わらず叫びながら、あたりを逃げ惑っておる。

思ってもみなかったことに、惣七じいさんは慌てふためいた。

「お、おいおい。明かりをつけるんじゃ。明かりを」

「いやじゃー」「猫だーっ」「惣七じーさーん」

（ん？　誰か今、わしの名を呼んだか？）

じいさんが思ったそのとき、激しい音がした。直後、めりめりめりっと木が折れ、何かが倒れてくる気配がしたんじゃ。

「あの、やぐらじゃっ！」
頭にやぐらが落ちてきてはかなわん。じいさんは頭を押さえ、その場にうずくまり
――
ごぉ～～～～～ん
釣り鐘が、どこかに落ちたようじゃった。

二、

惣七じいさんは、山の中におった。日の光が、木々の緑の間から差しておる。

「えっ」

あたりを見回す。あの、亀の形をした岩に座っておった。おむすびを包んだ竹皮もちゃんとある。どうしたことじゃ……。たしか、ねずみの穴にいたはずじゃが……

「およ、惣七じいさんでねえか」

はっとして振り返ると、田吾作が隣村に通じる山道を上ってくるところじゃった。

「珍しいのう、怠け者のじいさんが山におるなんて」

「さっきも同じことを言うたな」

「そうか。おかしなことを言うじいさんじゃ」

「おかしいのはお前じゃ」

「それよかじいさん、実はおっかあが病気での、医者が言うにはもう長くないそうなんじゃ。最後に、好物のあけびを食わせてやりたくて、おら、あけびを探しとるんじゃ」

「それもさっき言うた。あけびは秋のもんじゃ」

「でも、一つくらいは」

「何回言わすんじゃ。今はない」

「そうかのう……」

田吾作は首を傾《かし》げながら、山道を下りていく。「本当に変なやつじゃ」という気持ちと「どうなっとるんじゃ」という気持ちが、惣七じいさんの心の中でまじりあっておった。

こつん。何かが頭にあたった。

見上げると、頭上の枝の間を何かがささささっと走り、さっきと同じように茂みのほうへ消えていった。

足元を青い栗のいがが転がっていく。

惣七じいさんは、竹皮の包みを開いた。そこにはちゃあんと、おむすびが三つ並んどった。

「なんでじゃ。さっき穴に転がしたじゃろうに」

惣七じいさんはおむすびを取り、茂みをかき分けた。やっぱり、穴はあった。じいさんはおむすびを、穴にめがけて次々と転がしていったんじゃ。

おむすびころりん　すっちょんちょん
おてんとさまの　ごほうびか

ねずみの唄じゃ。

（ようわからんが、また行くしかないじゃろ）

じいさんは膝を抱え、ごろごろと転がった。

さっきとまったく同じ光景じゃ。洞窟のような場所、明るい提灯。三つの大きなおむすび。白、黒、灰色、茶色、いろんな色のねずみたちが踊り、おむすびの間からは黒丸が米粒だらけの顔を出す。

「わはは、楽しいのう」

「こりゃ、黒丸。おぬしはもうおむすびにかぶりついたんか」

茶色の年寄りねずみがそう言ったあとでげんこつを見舞い、じいさんがいるのに気づく。

「おや、ひょっとして、おむすびを三つも放り込んでくださったのは、あんた様ですかいの」

「そうじゃ」

「こないだのじいさんと違うのぅ」

「長老。どうでしょう。このあいだと同じように、餅をついてお祝いしませんか」

「そうじゃそうじゃ、良之助の言うとおりじゃ。餅をつこう」

灰色ねずみ、良之助の提案に、まわりのねずみたちも同意する。惣七じいさんは広間へ通される。臼と杵が運ばれてきて、若いねずみたちが餅つきをはじめる。

おむすびころりん　すっちょんちょん
おまけにころげて　じいさんも
おむすびうれしや　ぺっちょんちょん
おれいにつこうや　うまいもち

「どうしたのです。踊らないのですか」

白い娘ねずみが近づいてきて訊ねた。

「前のおじいさんは踊ってくれたのに」

さすがにここまでくれば、じいさんも受け入れるしかなかった。

（どういうわけだか知らなんだが、さっきと同じことを繰り返しておる）

「わしは、踊りは苦手なんじゃ」

とりあえず、じいさんはそう答えたんじゃ。

「そうでしたか。それなら、お酒をどうぞ」

娘ねずみはじいさんに猪口を持たせると、酌《しゃく》をした。惣七じいさんは、酒を口に含む。頭がぽーっとしてきおった。さっきはここらで、猫の真似をしたんじゃったかのう。もう一度やってやれ——などと馬鹿なことを考えるじいさんではなかった。また山の中へ戻ってしまったらかなわんし、宝の袋も手に入らん。何より、また繰り返したらどうするんじゃ。酒を飲みつつ、ああでもない、こうでもないと考えているうち、時間はすぎていった。

そうして、そろそろ餅がつきあがろうかという、そのときじゃった。

「ちょ、長老！」

一匹の青ねずみが、広間のふすまを開けて飛び込んできたんじゃ。唄と踊りはぴたりとやんだ。臼の周りで皆と笑っておった長老ねずみは、不機嫌そうに振り返った。

「なんじゃ、忠三郎《ちゅうざぶろう》」

「豆倉で、万福《まんぷく》のやつが死んでます」

「何をっ⁉」

「早く、来てください」

忠三郎と呼ばれた青ねずみについて、一同はぞろぞろと広間を出ていく。

「大変だわ。おじいさんも行きましょう」

娘ねずみに手を引かれ、じいさんも立ち上がった。

「待て。豆倉ちゅうのは何じゃい？」

「このねずみ穴の一番奥にある部屋です。もともとは観音様をお祀《まつ》りするためのお部屋なんですけれど、ねずみの数が増えたので、今はもしもの時に備えて、豆をためておくのに使っているのです」

部屋の外へじいさんを連れ出しながら、娘ねずみは言うたんじゃ。

「万福さんは食いしん坊だから、きっとまた、つまみ食いにいったんだわ」

くねくねと曲がりくねった通路を抜け、たどり着いたのは、黒塗りの扉の前じゃった。開いたままの扉から一同は入る。倉の中には豆が山のように積まれ、その豆の山から上半身だけが出ている大きな観音像があった。ただし、その顔はねずみなんじゃ。黄金に輝くねずみの観音。見るも不思議な光景じゃ。

そして、三割がた食われたおむすびが転がり、その脇に相撲取りとも見まごうばかりの大きな黄色いねずみが、仰向けに倒れとった。

「万福。やい万福。目を覚ますんじゃ」

長老は杖の先でその大ねずみの体をつついたが、腹がだぶんだぶんと揺れるばかりで、まったく動かなんだ。

「長老。首のところをごらんくだせえ」

忠三郎に言われ、長老は万福の首を見た。

「な、なんじゃ。何かで絞められたような跡がついとる」

「そうです。万福は誰かに絞め殺されたんです」

ねずみたちのあいだから、ざわめきが起きたんじゃ。

「わーん、万福！」

黒丸がその大ねずみの死体に泣きついた。

「いったい誰がこんなむごいことを……」

惣七じいさんは一連の様子を、ねずみの群れの一番うしろから見ておったが、はたと気づいたんじゃ。

（皆、あの大ねずみの死体に釘づけじゃ。誰にも見られずに袋を探すには、今がうってつけじゃわい）

死体を囲んでやいのやいの言っているねずみたちに気づかれんように、じいさんはそっと豆倉を抜け出し、広間へと戻った。

臼も杵も餅も、そのまんまになっておる。はじめから怪《あや》しいと思っておったあの白木の扉に近づき、取っ手をつかんで引っ張る。

少しだけ開いたが、それ以上はびくともせん。鍵がかかっておるようじゃ。

（しょせん、ねずみの作った鍵じゃ。強く引っ張れば壊れるじゃろ）

惣七じいさんは勢いをつけ、思い切り引っ張った。扉はさっきより開いた。もうすぐじゃ。もうすぐあの袋が手に入る。

じゃが、手に汗を掻いていたのじゃろう。三度目に勢いをつけて引いたとき、手がつるりと滑った。じいさんは勢い余ってよろめき、背中が何かにぶつかった。めりめりっと、木が折れる音がしたんじゃ。

「あっ」

気づいたときには遅かった。折れたやぐらの柱は、釣り鐘の重さに耐えられんかった。あれよあれよというまに、やぐらが倒れる。

「あああーっ」

惣七じいさんは頭を抱えた。釣り鐘はそんなじいさんの願いもむなしく落ちてきて
――

ご～～～～～～ん

三、

惣七じいさんは、山の中におった。頭の上からは木漏れ日、尻の下には亀の形の岩、すぐ脇には、おむすびを包んだ竹皮じゃ。

「およ、惣七じいさんでねえか」

田吾作が山道を上ってくるところじゃった。

「……またじゃ」

「珍しいのう。怠け者のじいさんが山におるなんて」

「釣り鐘じゃ。あれが鳴ると、ここへ戻ってしまうんじゃ」

「何をぶつぶつ言っとるんじゃ。それよかじいさん、実は……」

「あけびは秋のもんじゃ！」

「え、どうしておらがあけびを探しとるのを知っとるんじゃ」

「うるさい、とっとと行け！」

まぬけ面の田吾作は、首を傾げながら村への山道を下りていく。その直後、頭にこつん。青い栗のいがじいさんの頭に当たって地面に落ち、茂みのほうへ転がっていく。

「くそっ」

じいさんは地べたを踏み鳴らした。

「こうなったら、なんとしても袋を手に入れて帰らにゃならん」

竹皮の包みをほどき、おむすびを三つともつかむとじいさんは、茂みをかき分け、ねずみの穴へめがけて転がしたんじゃ。本当はすぐにでも自分が転げていってもよかったが、あの唄が聞こえんうちに入っていっては、何かが狂うかもしらんと思ったんじゃの。

おむすびころりん　すっちょんちょん
おてんとさまの　ごほうびか

「よし」

すぐに膝を抱え、転がった。穴の中でじいさんを出迎えたのは、すっかり馴染《なじみ》となったねずみたちじゃ。

「ひょっとして、おむすびを三つも放り込んでくださったのは、あんた様ですかいの」

米粒だらけの黒丸にげんこつをくれたあとで、長老ねずみは訊いてきた。

「そうじゃ」

答えながらもじいさんは考えておった。いったいどうすれば、あの白木の扉の向こうから、宝の袋を盗むことができるのか。米八じいさんと同じように、歌って踊って楽しく過ごせばおみやげとしてもらえるという悠長なことを、このせっかちで欲張りなじいさんは考えもせんのじゃ。

「長老。どうでしょう。このあいだと同じように、餅をついてお祝いしませんか」

「そうじゃそうじゃ、良之助の言うとおりじゃ。餅をつこう」

一回目、二回目と同じ広間にじいさんは通され、すぐさま餅つきと踊りがはじまった。

おむすびころりん　すっちょんちょん
おまけにころげて　じいさんも
おむすびうれしや　ぺっちょんちょん
おれいにつこうや　うまいもち

「俺もつく!」

黒ねずみの黒丸が、若いねずみから杵を奪い取った。

「おむすびころりん、すっちょんちょ……っとっとっと」

小さな黒丸には杵は重かったようじゃ。よろよろとしたその情けない姿に、ねずみたちは大笑いじゃ。そしてじいさんは、はっとした。

(あの杵じゃ。あれで白木の扉をぶっ壊せばいいんじゃ)

さっき開けようとしたからじいさんにはわかるが、白木の扉はそんなに厚いものではなかった。杵で十回も叩けば、ぶっ壊れるじゃろう。

「あの……」

そのとき、か細い声が聞こえたんじゃ。白い娘ねずみが、徳利を差し出しておった。

惣七じいさんは猪口を取り、娘ねずみのついだ酒を飲んだ。もう宝の袋が手に入ったも同然だと思うとるじいさんは上機嫌で、酒も美味《うま》く感じた。

（あとはあの、忠三郎ちゅう青ねずみがやってくるのを待つだけじゃて）

「あのう……」

白い娘ねずみはまだ何か言いたげに、じいさんの顔を見ている。

「なんじゃ」

踊らないんですか、と訊くんじゃなかったろうか。

じゃが、そんな様子ではなかった。

「私は、初雪《はつゆき》といいます」

（何を名乗っとるんじゃ。それも、ねずみのくせに風流な名を）

馬鹿にしながらも、何かがおかしいという気持ちが湧いた。この娘ねずみ、これまでとはどこか態度が違うんじゃ。

初雪というそのねずみはあたりをうかがいながら、じいさんに体を寄せてきた。

「こんなことをお訊ねして、おかしく思われるでしょうが」

「なんじゃ」

初雪はじいさんの耳に口を近づけ、小さな声で問うたんじゃ。

「おじいさん、穴に落ちるのを、繰り返していませんか」

「はん!?」

驚きのあまり、じいさんは猪口を取り落としてしもうた。

「ちょ、長老!」

忠三郎が広間に飛び込んできたのはそのときじゃった。

「なんじゃ、忠三郎」

「豆倉で、万福のやつが死んでます」

「何をっ!?」

「早く、来てください」

わらわらと広間から出ていくねずみたち。見ると、黒丸も杵を置いて出ていく。じいさんは、このままここにいてあの白木の扉をぶっ壊すつもりじゃったが、今や、初雪のことが気になるのじゃった。

「お前、なぜわしが繰り返していることを……」

「おじいさんも、行きましょう」

初雪は答えず、惣七じいさんの手を取った。初雪は思いのほか力が強く、ぐいぐいと惣七じいさんは引っ張られていく。

豆倉では、さっきと同じようにおむすびのすぐ脇で、太ったねずみが仰向けになって死んでおった。

「わーん、万福！」

黒丸が死体に泣きつく。

「いったい誰がこんなむごいことを……」

長老が顔をしかめ、忠三郎のほうを向いたんじゃ。

「どういうことか詳しく話さんか」

「詳しくも何も、おらはただ、餅つきにはこいつの力が必要だろうと思って、万福を探していたんです。豆倉の前にいた王竹《おうちく》と玉竹《ぎょくちく》に訊いたら、中にいるというので、扉を開けたら」

ねずみたちがざわめいた。

誰が万福を殺したのか。惣七じいさんにとってはそんなこと、どうでもいいことじゃ。初雪のことも気になるといえば気になるが、例の袋に比べたらどうでもええ。

「王竹に玉竹よ、わけを話してくれんか」

長老が話しかけたのは、緑がかった二匹のねずみじゃ。角ばった顔かたちがそっくりだから双子じゃろう。そろって胴体と両手を包帯でぐるぐると巻かれておった。

「俺たち、豆倉の前でずーっと、ねずみ将棋を指しとったんです」

「待て待て。お前らはおとつい、外で怪我《けが》をして、手が使えんのじゃろうが」

「将棋なら、歯でも指せますんで」

「そうか。『ずーっと』というのは、いつからじゃ」

『おむすびを転がしてきたじいさんが帰りましたよ』と誰かが教えてくれたんで、その前からです」

米八のことじゃなと惣七じいさんは思ったんじゃ。

「なんと。そりゃずいぶん長いあいだやっとったんじゃの……。続けよ」

「はい。あれはどれくらい前か、おむすびを頭に載せ、両手で支えた万福がやってきて、『これを豆倉に入れとけと頼まれたんだ』と言って、中に入っていきました。そのとき中を見ましたが、誰もいねかったです」

「ふむ。たしかに。こないだのじいさんのくれたおむすびが一つ余ったからの。今夜にでも食べるから豆倉に入れておけと、わしが万福に頼んだんじゃ」

長老が言った。死体の脇にあるおむすびは、米八のおむすびのようじゃった。

「それから一局終わらねえうちに、忠三郎がやってきて、万福はいねえかと訊いたんで、中にいるぞと答えました。忠三郎のやつ、扉を開けてすぐにぎゃあああと叫んで……」

惣七じいさんはそっと、初雪の手を外した。初雪は双子ねずみの話に聞き入っておる。誰も、惣七じいさんには注目しておらん。

「ということは、万福が入ってから忠三郎が入るまでには誰も入っておらなんだな」

「そういうことです」

「だったら忠三郎。お前が万福を？」

「そんなわけないでしょう。扉を開けてすぐに、万福の死体が目に入ったんですから」

「ちげえねえです、長老」双子の一方が言った。「忠三郎に万福を殺す時間などなかったです、なあ玉竹」

「ああ、ちげえねえ」

「王竹に玉竹、お前たちでもないのだな」

「俺たちはこのとおり手が使えません。万福を絞め殺すなんて、できっこねえ」

「ちげえねえ」

「じゃあ誰がやったのだ。誰もおらん豆倉に入って、万福を殺して出ていくなど。倉へ入るには、この扉一つきりしかないだろうに」

惣七じいさんはねずみたちに気づかれぬよう、そーっとそーっと広間へ戻ろうとしたんじゃ。

「王竹さん」

初雪が大きな声を出したので、じいさんはびくりとして立ち止まってしまった。

「玉竹さんでもどちらでもよいのですけれど、万福さんが豆倉に入ったのは、おじいさんがここに来る前のことでしたか」

「おじいさん？」「誰のことだや？」

「あのおじいさんです」

初雪は、惣七じいさんを指さしたんじゃ。おそるおそる、じいさんは振り返る。ねずみたちの目が、じいさん一人に注がれておった。じいさんは、愛想笑いでごまかすしかなかったんじゃ。

「ははあ、そういや玉竹、穴のほうでおむすびころりんの唄が聞こえてきたことがあったな」

「おお、あったあった。あれは、そのじいさんが転がり込んできたから歌ったのじゃったか。万福が豆倉に入ったのは、おむすびころりんの唄より前だな」

「ちげえねえ」

初雪は満足したようにうなずき、長老のほうを見たんじゃ。

「長老。僭越《せんえつ》ながらこの初雪、案がございます。万福さんを殺した者を、おじいさんに探していただくというのはいかがでしょう」

「なっ？」

惣七じいさんは飛び上がりそうになったんじゃ。

「誰がどうやって万福さんを殺したのか、私たちにはわかりません。しかし、万福さんが豆倉に入った後にこのねずみの穴の中へやってきたおじいさんだけは、それができなかったはずです」

「ふむ。つまりおじいさんはこの中でただ一人、信用できる者だということか」

そうだそうだと、まわりのねずみたちもはやし立てた。

(面倒なことになってきおった)

「こういう役目を人間の世界ではたしか、探偵というのではなかったでしたか?」

初雪は言った。

探偵など、かぐや姫が人間にもたらしたという昔話ではないか。わしにできるものか面倒くさい。……一度はそう思ったが、そこは惣七じいさん。悪知恵だけは誰よりも働くんじゃ。

「わかった、わかった」

両手を上下させて、ねずみどもを黙らせた。

「わしにかかれば、万福とやらを殺した下手人《げしゅにん》……下手鼠《げしゅねずみ》とでも言うんじゃろうかの。とにかくそやつを暴いて懲《こ》らしめることなんぞ、わけはないわい」

「では」

「じゃが、探偵には報酬が必要じゃ。それも、前払いじゃ」

「前払い？」

初めて聞いた言葉とでも言わんばかりに、長老ねずみは目をどんぐりのように丸くしたんじゃ。

「先に、礼をよこすんじゃ。望みのものが手に入るという袋があるじゃろうが」

「おお、ありまするじゃ。あれをお渡しすればよいので」

「そういうことじゃ」

長老はじいさんを、先ほどの広間へと先導してきたんじゃ。他のねずみもぞろぞろとついてくる。

長老ねずみは白木の扉の前に立ち、どこかから鍵を取り出して施錠を解いたんじゃ。中にはやはり、袋があった。長老ねずみはそれを惣七じいさんに手渡した。

「これでよいですかな。かならずや、万福を殺した者を」

「ああ、ああ、わかっておる」

(これさえもらえれば、もう用事はないわい)

惣七じいさんは一同に向き直ったんじゃ。

「今から、いろいろ調べるで、皆、この広間から出るでないぞ」

ねずみたちは顔を見合わせてざわめいた。

「ええと、おじいさん」初雪が不思議そうに口を開いた。「どうして、広間から出てはいけないのです」

「勝手に出歩いて、下手鼠が証拠を消したらどうするんじゃ。考えんかい」

「おお、なるほど。皆の衆、おじいさんの言うことをきくんじゃ」

長老ねずみがころっと騙《だま》されたので、惣七じいさんはほくそ笑んだ。

「それじゃあの」

一人、通路に出て、広間のふすまをぱたりと閉めたんじゃ。

じいさんはもらった袋を帯にはさみ、自分が落ちてきた穴のところまで戻った。通路の真上にぽっかり空いた穴。その中に入れれば、手と足を支えにして上っていけるじゃろうが、穴の入り口まで手が届かん。台にするもんはないかと周りを見まわすと、自分が転がしたおむすびが三つ、まだそこにあった。惣七じいさんは、そのうちの一つを穴の真下まで転がして、飯粒まみれになりながらよじ登ったんじゃ。

「よっこらせっ」

おむすびを踏み台にして、飛び上がって穴の中に頭を入れた。

「いたっ！」

じいさんは、脳天と肩に、激痛を感じた。

「あいたたたー」

おむすびからも転げ落ち、腰を思い切り打った。頭も何かが刺さったように痛い。がやがやと、ねずみたちがやってくる音がした。

「こ、これは、どうされたのですじゃ」

長老ねずみの声がした。

「罠にした、いばらのとげが頭に刺さっておる。外から入るときには引っかからないが、外へ出るときには、一度取り払わねばそうなってしまうんですぞ」

(よ、米八のやつ、そんなこと、言うとらんかったじゃないか……)

じいさんは頭に突き刺さったとげを抜こうとしたが、なかなか抜けん。そればかりか、とげを触った手から血が出ていたんじゃ。

「ははあ」

長老ねずみの落ち着いた声が、何よりも冷たく聞こえた。

「どうやらあんた様は、袋を持ってずらかろうとしたようじゃね」

「なんだと」「われわれを騙そうとしたんか」「とんでもない人間じゃ」

ねずみたちが騒ぎはじめる。

「い、いや……」

惣七じいさんの弁解など、もう誰も聞こうとしとらんかった。周囲を覆う殺気が、じいさんをひりひりと締め付けていったんじゃ。

「ねずみだからと馬鹿にしたんじゃろう。おじいさん、あんたはねずみの真の恐ろしさを知らんと見えるな」

惣七じいさんの前に、何十というねずみの目があった。そのすべてに、真っ赤な怒りが浮かんでおった。

「や、やめてくれ」

「かかれっ！」

「ちゅう！」「ちゅう！」「ちゅちゅう！」

一斉にねずみたちが襲い掛かってきた。髪の毛はぶちぶちと抜かれ、服はずたずたに裂かれ、顔も首も胸も腹も足も、ねずみたちの爪や歯で次々と傷つけられていったんじゃ。それはまるで、剣山で体中をこすられるような痛みじゃ。

「ぎゃあああ……！」

まさに地獄の苦しみじゃった。

（痛い、痛い……ああ、なんでこんなことに……死にたくない。死にたくないぞ！）

ねずみたちの攻撃の嵐の中で、惣七じいさんは激しく後悔した。じゃがもう遅かった。

血まみれじゃ。じいさんの意識は、だんだんと遠くなっていき――

ご〜〜〜〜〜〜〜ん

四、

惣七じいさんは、山の中におった。頭の上からは木漏れ日、尻の下には亀の形の岩。はっとして頭と肩を触った。いばらのとげはない。服も裂かれていないし、打ち付けたはずの腰も痛くない。

「およ、惣七じいさんでねえか」

振り返ると、田吾作が山道を上ってくるところじゃった。その、なんともぼんやりした顔に言いしれぬ安心感が湧いた。

「珍しいのう、怠け者のじいさんが……」

「田吾作！」

じいさんは立ち上がると、田吾作に駆け寄り、その手を握った。

「お前、田吾作じゃな？」

「ん。ああ、生まれたときに、おっとうにそう名づけられたんだからな」

「よかった。戻ってこられたんじゃ」

さっきのことを思い返す。あのねずみたちの恐ろしい攻撃の中、どういうわけか、釣り鐘が鳴った。そして、すべては元通りなのじゃった。

「それよかじいさん、実は……」

「おお、おお、あけびじゃろ」

「え、どうしておらがあけびを探してるのを……」

「わしゃ、お前のことならなんでもわかるんじゃ。いいか。今は夏じゃからあけびはない。じゃがわしが、かわりにええもんをやる」

戻ってこられたと思ったら、この間抜けな男も愛《いと》しゅうなってきたんじゃ。じいさんは、竹皮の包みを開いた。

「ほれ、おむすびじゃ。お前にやるで」

もう、あんな怖い思いはまっぴらじゃった。宝の袋はあきらめる。こうしておむすびを田吾作に食わしてしまえば、未練もなくなるじゃろうと惣七じいさんは思ったんじゃ。

「こりゃ、うまそうだ。ほんに、おらにくれるだか」

「ああ、みんな食ってしまってええ」

「じいさんは優しいのう」

惣七じいさんは竹皮ごと、田吾作におむすびを手渡したんじゃ。田吾作はそれをひとかじりし、顔をしかめた。

「なんじゃ。米粒に芯がある」

「そうか。ばあさんに急いで作らせたもんでの。すまんの」

「こんなまずいおむすびははじめてじゃ」

文句を言いながらもう一口食べようとする田吾作の頭に、こつん、と青い栗のいがが落ちてきたんじゃ。

「あいたっ」

田吾作は両手で頭を押さえ、その拍子におむすびを落とした。食べようとしていた右手のおむすびも、左手の竹皮にあった残り二つもじゃ。

「田吾作！　お前、何しとるんじゃ」

じいさんはおむすびを追ったが、もう遅かった。転がる青い栗のいがを追うように、三つのおむすびはころころとねずみの穴に落ちていきよった。

　おむすびころりん　すっちょんちょん
　おてんとさまの　ごほうびか
　おむすびうれしや　きっちょんちょん
　おれいにおどろや　もちおどり

「なんじゃじいさん、あの唄は」

田吾作が訊いてくるが、じいさんは答えなんだ。唄を聞いているうちに、さっき襲われたときの恐怖が、怒りに変わってきたんじゃ。

（ねずみたちめ、わしを馬鹿にしおって）

一度は袋をあきらめたじいさんじゃったが、その怒りが、じいさんの生来の悪い性分をむくむくと膨らませていった。

（絶対に袋を奪って帰らにゃ気が済まん）

「田吾作、お前はもう、帰れ」

「え、でも」

「いいからっ！」

無理やり田吾作を帰らせると、じいさんは膝を抱え、いざ戦いの場へと転がっていったんじゃ。

「わはは、楽しいのう」

何も知らん黒丸が、おむすびのあいだから米粒だらけの顔を出す。それを小突いたあとで長老がじいさんに気づく。

「ひょっとして、おむすびを三つも放り込んでくださったのは」

「わしじゃ」

怒りを抑えてじいさんは答えたんじゃ。広間に移動して、餅つきがはじまり、ねずみたちが唄と踊りをはじめる。何もかも一緒じゃ。

(この、くそねずみどもが。袋を持ち帰ったら、この穴に火のついた藁《わら》でもぶち込んで、みんな燻《いぶ》し出してやるわい)

「どうしたのです。踊らないのですか」

よからぬことを考えていたら、初雪が近づいてきた。

「前のおじいさんは踊ってくれたのに」

「踊りなんぞ、やってられるか」

「そうでしたか。それなら、お酒をどうぞ」

じいさんは、差し出された猪口を取って酒を飲み、

(ん？)

おかしなことに一つ気づいたんじゃ。

(この白い娘ねずみは、わしが繰り返しておることを知っておったはずじゃ)

だが初雪は、屈託《くったく》のない顔で、「さあ、さあ」と徳利を差し出してくるのじゃ。

じいさんは気味が悪うなった。

「おい、初雪」

「えっ」初雪の顔に驚きの表情が浮かんだ。「どうして、私の名前を」

「何を言うておる。前の回で名乗ったではないか」

「はて、前の回とおっしゃいますと……」

初雪は本当に不思議そうで、とぼけておるそぶりはまったくなかったんじゃ。もとより、とぼけてもこのねずみに何の得もない。

（今回は、知らぬということじゃろうか）

妙なことだが、それならそれでええ、とじいさんは思い直したんじゃ。

（むしろ、袋を持ち逃げしようとしたところを見ておらなんだということは、わしの真の目的を知らなんだということで、都合がええわい。長老ねずみに告げ口でもされたなら、ことじゃからのう）

「ちょ、長老！」

ふすまが開いて、忠三郎が飛び込んできた。

万福が殺されたことを告げられ、一同はぞろぞろと豆倉へと足を運ぶ。そこには、万福が倒れておった。

「わーん、万福！」

黒丸が泣きつき、

「いったい誰がこんなむごいことを……」

長老がお決まりのことを言う。王竹、玉竹が事情を説明したところで、初雪が例の下手鼠探しの提案をしてくれるじゃろうと思っとったが、何も言わん。

（今回は、やっぱり事情を知らん初雪と見えるな。しかたないわい）

じいさんは声を張り上げた。ねずみたちが、いっせいにじいさんのほうを向いた。

「おい、皆の衆」

「誰がこの万福とやらを殺したのか、わしが解明してやってもよいぞ。探偵っちゅうやつじゃ」

「何をおっしゃいますのじゃ」

長老はきょとんとしておった。

「考えてみい。わしはさっきここにきたばっかりじゃ。こん中で、こやつを殺すことのできなかったわしが一番怪しくないじゃろうが。それに、ねずみより人間のほうがずっと頭がいいのは、お前らも知っとるだろうに」

ねずみたちは顔を見合わせ「そんなもんかのう」「そんな気もするのう」と言い合っておる。

「そ、それならお願いしましょうかのう、その『たんてい』を」

長老の言葉に、じいさんはさらに語気を強めたんじゃ。

「よかろう。ただし、探偵には報酬を払うのが人間の世界の常識じゃ。お前らもよこせ」

「報酬といいますと」

「たとえば、なんでも望みのものが手に入る袋、なんてもらえたら嬉しいのう」

「おお。ちょうどそういう袋がありますじゃ。あんた様が万福を殺した者を明らかにしてくれたら、その袋を差し上げますじゃ」

じいさんはこれを聞いて、にっこりとうなずいたんじゃ。

「そうしたら長老、どこか一つ、小さな部屋を貸してくれんか。ねずみたち一匹一匹に、聞き取りするんじゃ。すると、誰かと誰かの言い分に食い違いが出る。悪いことをした者の嘘というのは、こうして暴くもんじゃ」

「ほう、なるほど。それならすぐそこにある、どんぐり倉はどうでしょう」

豆のほかに、どんぐりをためておく部屋もあるのか。

「ではそこを使うとしよう。それからもう一つ。広間にあるやぐらの上の釣り鐘じゃが、下ろして、どこかにしまっておけ」

「なぜですじゃ」

「お前たちのことを思うて言うとるのじゃ。あのやぐらはおんぼろで、いつ倒れてもおかしゅうない。倒れて、釣り鐘が落ちてきたら危ないじゃろうが。誰にも鳴らせないようなところに置いておくんじゃ」

じいさんは一体何をしようとしておるのか。答えは簡単じゃった。釣り鐘が鳴ってまた戻ってしまわないようにしておいて、万福を殺したやつを見つけようというのじゃ。

一匹の太っちょねずみが殺された。現場の豆倉は、そのねずみが入ってから死体となって見つかるまでのあいだ、誰も出入りできなかった。つまりこれは、不可能犯罪じゃ。しかし、裏を返せば不可能犯罪というのは、やり方さえわかればおのずと誰がやったのかもわかるもんじゃ。

(ねずみのおつむで考えた謎など、人間のわしに解けんわけはないわい)

いじわるな惣七じいさんにはもちろん、困っとるねずみたちを助けてやろうなんていう気持ちは、爪の垢《あか》ほどもない。歌ったり踊ったりするより、ねずみの浅知恵を見抜くほうがずっと手っ取り早いわいという、ただそれだけの気持ちなんじゃ。

ところが聞き取りをはじめてすぐに、じいさんは困ってしもうた。

この穴には全部で六十六匹のねずみが棲んでおった。しかし、ねずみちゅうのは人間の思う以上にせわしなく、今こっちで木の根っこをかじっていたかと思うと、次は隣の部屋で仲間にちょっかいを出し、すぐに踊りをはじめ、すぐに疲れて眠ってしまう。そんなちょろちょろした者たちの行動を、全部把握することなんてできるわけもなく、誰が嘘をついているかなんて見破れんのじゃった。

「……ふうーむ」

困った惣七じいさんはどんぐり倉を出て、豆倉へ向かった。

黒塗りの扉を開け、中へ入る。閉めるのはめんどうじゃと、扉は開けたままにした。

三割がた食われたおむすびの脇の万福の死体は、茣蓙で覆われておった。ぐるりは、豆の山じゃ。ふとじいさんは、その豆の山の一角に置かれた木箱の上に、広間の釣り鐘が置かれているのを見つけた。

（なるほど、長老はうまいことを考えたもんじゃ）

死体が見つかった豆倉は、立ち入りが禁止されておる。ここに置いておけばたしかに、誰も釣り鐘に触れることはできんじゃろう。

じいさんは正面の鼠観音を見上げた。ねずみの顔をした観音像。世にも不思議なものじゃて。

続いて、ぐるりの豆の山を見回した。食いもんがなくなったときの備えというが、ずいぶんとためたものじゃ。六十六匹が食っていくにはこれくらいないと安心できんのかもしれん。じいさんはそんな豆の山の中で、ちいとばかり低くなっているところを見つけたんじゃ。

（あそこかもしれん）

惣七じいさんは、少し低くなっているそこへ近づき、豆を一つ一つどかしていったんじゃ。じいさんは、抜け穴を探しておるのじゃった。

（王竹、玉竹に見つからずにこの倉に入るには、どうしたって抜け穴が必要じゃ。そしてその先は、このねずみ穴のどこかにつながっておるはずじゃ。その場所がわかれば、怪しいやつも絞られるじゃろう）

豆をどかす作業は楽ではなかった。皮肉にもじいさんは、ここ何年かで一番体を動かしておった。それもこれもすべて、お宝の袋のためじゃった。

(米八のやつより、わしのほうがずっと苦労しておるわい)

じゃが、そんなじいさんの苦労は徒労に終わった。豆をすべてどかしても、そこには土の壁があるだけで、抜け穴などまったく見つからん。じいさんはあきらめ、もう一度死体のある場所へ戻ってきた。

(他の場所じゃろうか。しかしこの豆を全部どかして調べるとなると)

探偵など軽はずみにやるもんじゃないわいと、うんざりしたそのときじゃった。

「ぐっ!」

惣七じいさんは、急に苦しみを感じたんじゃ。首に手をやると、ひものようなものに触れた。背後から首にひもをかけられ、ものすごい力で絞められておるんじゃ。

(な、何者じゃ)

声にならんかった。逃げようともがけばもがくほど、ひもは食い込んでくる。絞めている者の顔は見えなんだ。豆の山をがらがらと崩しながら、じいさんはもがいた。

誰かを呼ぼうにも、声が出ん。ふとじいさんの目が、釣り鐘をとらえた。

(あれを鳴らせば……)

じいさんは手を伸ばした。届かん。とっさに、手近の豆を取った。意識が遠のいてゆく中、惣七じいさんは力を振り絞り、その豆を釣り鐘めがけて放り投げた――

ご～～～～～～～～ん

五、

惣七じいさんは、山の中におった。毎度のことながら、頭の上からは木漏れ日、尻の下には亀の形の岩。

「およ、惣七じいさんでねえか」

背後から、田吾作の声がした。

「なんでじゃっ！」

じいさんは立ち上がり、両手で田吾作の襟元をつかんだ。

「袋を盗もうとすりゃ殺される。まっとうに下手鼠を見つけようとしても殺される。いったい、どうすりゃいいんじゃっ！」

「な、なんじゃ、どうしたんじゃ……」

理不尽な怒りをぶつけられた田吾作は怯《おび》えておった。じいさんは手を離した。

「お前に言うてもしょうがないわい」

「そうか。それよかじいさん、実は……」

「ああ、あけびじゃろうが。あっちのほうにあるわい」

投げやりな気持ちで、じいさんはふもとへ向かう山道を指さした。

「本当か、じいさん」

「たんまりなっとるわい。死にゆくおっかあに、たんと食わせてやれ」

「ありがとう惣七じいさん。採ったら分けてやるでな」

田吾作はうきうきした足取りで、山道を下りていった。

「ふう」

息を吐き、ふと思い出してじいさんはさっと身をかわした。青い栗のいがが、じいさんのすぐ脇にぽとりと落ちた。

「何度も当たってたまるかい」

さささっと頭上の枝を走っていく黒い影を目で追いながらつぶやく。じいさんは亀の形の岩に腰を下ろし、竹皮を開いた。おむすびが三つ、入っておる。

じいさんは一つ取ると、大口を開けてかぶりついた。そして、すぐにぺっと吐き出した。

「田吾作の言うたとおりじゃ。米に芯があって、食えたもんじゃないわい」

しかし、何度も同じことを繰り返しているうちに腹が減っていたんじゃろうの。まずいまずいと言いながら、一つ、ぺろりとたいらげてしまった。二つ目のおむすびの中には梅干しが入っておった。そのすっぱさを味わいながら惣七じいさんは、ゆっくりとさっきのことを思い返したんじゃ。

豆倉に入ったあと、扉は開けたままにしておった。じゃから、やつが入ってきたのに気づかんかったんじゃろう。でもどうやってやつは、広間を抜け出してきたのか……考えるだけ無駄じゃった。あんなに落ち着きのない生き物どもの目を盗むなんて簡単じゃ。

(それにしても、なぜわしを殺さにゃならんだ。豆倉に、わしに気づかれたら困るもんでもあったじゃろうか)

「やっぱり、あの部屋には抜け穴があるに違いないんじゃ……」

独り言を言いながらじいさんは二つ目のおむすびも食い終えてしもうた。そして、三つ目のおむすびを見つめながら、ふと思った。鼠観音。豆は、あの観音に向かって山を作るようになって、観音像は胸まで豆に埋まっておった……

「逆じゃ！」

じいさんは立ち上がった。

「抜け穴は、豆の山の低くなっているところにあるんじゃなくて、観音像の真上にあるんじゃ！　万福を殺したやつは、豆の山を足場にして、観音像を登っていったんじゃ」

確信はないが、調べてみる価値はある。惣七じいさんは茂みをかき分け、手に持っていた最後のおむすびを、穴にめがけて転がしたんじゃ。

おむすびころりん　すっちょんちょん
おてんとさまの　ごほうびか

じいさんは膝を抱え、坂を転がっていく。落ちた穴の中では、毎度同じように、ねずみたちが踊っておる。

「わはは、楽しいのう」

おむすびが一つでも、米粒だらけの黒丸の笑顔は変わらんじゃ。

「おや、ひょっとして、おむすびを放り込んでくださったのは、あんた様ですかいの」

「そうじゃ」

惣七じいさんは答えると、良之助が餅つきを提案する前に長老ねずみの前に一歩出た。

「こんなことをしておる場合じゃない。今すぐ、皆で豆倉に行くんじゃ」

「なんですと？　どうして豆倉のことを」

「大変なことが起こっとるぞ」

みんなをせき立て、豆倉へと向かった。すると、後ろからじいさんの袖が引っ張られたんじゃ。

「おじいさん」

初雪じゃった。

「先ほどは、どうしてあんなことを」

残念そうに、小声で言いよる。先ほど、という言葉に、じいさんはピンときたんじゃ。

「お前は、わしが繰り返しているのを知っているほうの初雪か？」

「何を仰せですか。先ほどの回で、餅つきの時に申し上げたとおりです」

どこかちぐはぐじゃ。どういうことかと混乱しかけたそのとき、

「ちょ、長老！」

正面から、忠三郎が駆けてきた。

「豆倉で、万福が死んでいます」

「なにをっ⁉」

それまでは半信半疑の様子だったねずみたちも焦ったと見え、豆倉に走り出した。じいさんは追いながら、初雪に言うたんじゃ。

「さっきのは気の迷いじゃ。今度は必ず万福を殺した者を探し出してやる。前みたいに長老に申し出てくれ」

「承知しました」

初雪はうなずいたんじゃ。

豆倉にはやはり、万福が倒れておった。黒丸が泣きつき、長老が嘆き、王竹・玉竹・

忠三郎が前後の様子を口々に言う。

「長老。この中に一人だけ、万福さんを殺せなかった者がいます」

初雪が申し出た。

「ここにいるおじいさんです。忠三郎さんが死体を見つけたのと、ほぼ同時に穴に落ちてきたのですから。どうでしょう。おじいさんに万福さんを殺した者を見つけてもらうというのは」

長老が同意したのを受け、じいさんはすかさず、探偵には報酬が必要じゃというあの話をもちかけ、袋をもらう約束を取り付けたんじゃ。

「そうしたら長老、皆を連れて広間に戻っておれ」

「な、なぜ広間のことを」

「前にここに来た米八というじいさんから聞いたんじゃ」

「おお、そういうことでありましたか。しかし、あのおじいさんも豆倉のことは……」

面倒なことに、いちいち長老は突っかかるのじゃ。

「うるさいのう。探偵には黙って従うもんじゃ。四の五の言わず、広間に行っておれ。ただし、この初雪は残せ。手伝いをしてもらうからの」

「手伝いなら、もっと力の強い男ねずみに任せたほうが……」

「とっとと行けというのに」

そうして初雪以外のねずみを追い出し、扉を閉めた。振り返ると初雪は、不安そうな顔をして惣七じいさんを見つめておった。

「これでゆっくり話ができるぞ。初雪、お前、さっきの回のことをどこまで覚えておる？」

「どこまでって……おじいさんがいばらの罠に引っかかって、みんなに気づかれて、襲われて……」

「おぞましいことを思い出させるのう」

「私もおぞましいと思いました。でも、非力な私では、みんなを止めることができません。そこで広間に取って返して、釣り鐘を打ったのです」

「なんと、あれはお前だったのか」

「そうです。それでまた、おじいさんが穴に落ちてくる前にいた、お裁縫の部屋にいました。ところで今回はどうして、一つしかおむすびを転がしてくれなかったんですか」

おや、とじいさんは思った。

「待て。その前に、もう一回繰り返さなんだか？　わしは一人一人に事情を訊いて、この豆倉で首を絞められ、殺されそうになったんじゃ」

「いいえ」

きっぱりと、初雪は答えた。

「……初雪、お前、わしと会うのは何回目じゃ」

「三回目です」

その後も話を詳しゅう聞いて、ようやく惣七じいさんは、何が起こっているのか理解した。初雪は、一回飛ばしで繰り返しておるんじゃ。

「つまり、二回目に私とお目にかかった回は、おじいさんにとっては三回目だったということですね」

初雪が初めて「繰り返していませんか」と訊いた回のことじゃ。

「そして、私にとって三回目の今回は、おじいさんにとっての五回目である、と」

「そういうことじゃ」

言い換えれば、初雪は、じいさんの一回目、三回目、五回目、と……偶数回を飛ばして繰り返しておるんじゃな(一三三ページ・図)。二回目と四回目の初雪は、何も知らん様子じゃった。飛ばされとる回の初雪は、じいさんとは初対面ということになっとるようじゃ。

「いったい、どうして。私たちに何が起こっているんでしょうか」

「わからん。このねずみ穴に限った、不思議なことなんじゃろう。ところで初雪よ。お前、このことについて、誰かにしゃべったか?」

「いいえ」

「言わんほうがええ。わし以外にしゃべるな。変に思われるからの」

「はい」

袋を盗もうとしたことを、他のねずみたちに知られんようにするためじゃったが、もちろんそんなことは言わなんだ。

「よし初雪、それじゃあ手伝え。あそこによじ登るでの」

惣七じいさんは、鼠観音の頭を指さした。

「観音様に？　なぜです？」

じいさんは、穴の外でおむすびを食いながら思いついたことを初雪に話した。

「はあ、なるほど。たしかにあの観音様の頭の上には、地上へ至る穴がありますが」

「なんじゃと？」

当たり前のように言う初雪に、じいさんは目を丸くした。

「抜け穴が、あるじゃと？」

「抜け穴ではありません。『蛇穴』といって、けして通ってはいけない穴です」

もともとは、外の空気を取り入れるために開けられた穴だが、かなり昔、そこから蛇が入り込んで、多くのねずみを食い散らかしたそうな。ねずみたちは必死で蛇を追い出し、以来、その出入り口をふさいでしもうた。この鼠観音も、そのときに食われたねずみたちの供養と、二度と蛇が入ってこないようにという魔よけの意味合いで置かれたものだということじゃ。

「しかし、実際には通れるのじゃろう?」

「さあ。私も、穴があるということを聞き知っているだけで、実際に見たことはありません。長老も、『この倉に入るのには扉一つきりしかない』と言っていたじゃないですか」

「それは『蛇穴など使う者がいるはずない』という意味じゃろう。他人を殺そうという者が、そんなしきたり、守るはずはなかろうて」

惣七じいさんは鼻で笑いながら豆の山を上り、鼠観音に触れた。

(表面はでこぼこしておる。顔までよじ登るのはわけないじゃろう)

「おやめください、おじいさん」

初雪の止めるのも聞かず、じいさんはひょいひょいと鼠観音の頭まで登ったんじゃ。そしてよくよく天井を見ると、木の板に取っ手のようなものがついておった。

(探していた抜け穴がこんなに簡単に見つかるなど、拍子抜けじゃ)

取っ手を引くと、ぱかりと開いた。その向こうには土の中に穴が続いておる。はるか向こうに、日の光も見える。

「おい、ちょっと待っとれ」

下から見上げる初雪に言い残し、じいさんは穴の中へ入っていった。手足を支えにし

〈図〉

惣七じいさん	初雪
【一回目】 猫の鳴きまねをして袋を盗もうと考える。 暗闇になって鐘が鳴る。	【一回目】 惣七じいさんに酒をすすめる。
【二回目】 万福殺害事件を知る。 白木の扉を壊し損ね、やぐらを壊して鐘が鳴る。	
【三回目】 探偵役を引き受けるも、袋を持ち逃げしようとして ねずみたちに殺されかける。	【二回目】 惣七じいさんの繰り返しに気づく。 惣七じいさんが襲われている最中に鐘を鳴らす。
【四回目】 観念してまともに捜査。 豆倉で誰かに殺されかける。	
【五回目】 初雪と捜査。 蛇穴を発見。	【三回目】 一回飛ばしの繰り返しに気づく。 二回目（惣七じいさんの三回目）に鐘を鳴らしたことを証言。 惣七じいさんとともに捜査。

てしばらく上ると、壁の感触が、土から木のそれへと変わった。木の幹の中が空洞になっており、そこに続いておったようなのじゃ。じいさんはさらに上を目指す。ようやく、日の光が差している場所までたどり着いた。顔を出すと、やはり木の洞《うろ》じゃった。すぐそばの枝に手を伸ばして這い出た。ねずみの大きさのままじゃったから、木の葉のあいだから見える地面までは、かなり距離がある。足がすくみそうになったじいさんじゃが、おや、と思った。見覚えのある、亀の形の岩が下に見えたんじゃ。

(そうか。ここは、あの岩の近くに生えとる栗の木じゃったか。やっぱり万福を殺した者は、ここから出入りしたんじゃなかろうか。だとすると……)

考えに没頭しておったからじゃろ。風にびゅうと吹かれ、じいさんはよろめき、足を踏み外してしもうた。

「あっ」

慌てて、そばの小枝をつかむ。なんとか落ちることは避けられた。

(ふう、あぶない、あぶない)

ぶらーりと小枝にぶら下がった惣七じいさんじゃが、その反動でか、緑色のものが落ちた。それは、まだ青いいが栗じゃった。

(ん……? いが栗……?)

じいさんはあることを思い出した。

田吾作を追い払ったあと、頭にこつんと当たった青いが。その直後、さささっと走っていく黒い影……

「あいつかっ！」

叫んだ瞬間、手がするりと滑り、惣七じいさんの体は真っ逆さまじゃ。そのまま地べたに打ち付けられるかと思いきや、周囲が暗くなり、ごろごろと転がりどすんと着地すると、目の前には大きなおむすびが一つあった。頭上を見れば、さっき、いや、もう五回ばかり落ちてきたあの穴がある。

「どういうことじゃ」

じいさんは立ち上がり、くねくね曲がった通路を通り、豆倉へとたどり着いて扉を開いた。鼠観音の前に、初雪がいた。

「おじいさん。どうしたのです」

「わけがわからんわい」

今あったことを話すと、初雪は「ははあ」と納得したような顔じゃ。

「栗の木の根元にも、出入り口の穴があるんです。その通路と、おじいさんがこれまで入ってきた穴の通路とは、途中で合わさって一つになるんです」

びっくりした。そしてじいさんの頭の中に、ある一つの仮説が浮かび上がった。

下手鼠は、惣七じいさんが穴に転がり込むずっと前に、栗の木の根元の出入り口から外に出ておったんじゃ。万福がおむすびを豆倉に運び入れたときを見計らって蛇穴から侵入し、万福を殺した。そして再び、蛇穴から外へ出ていった。その後、何食わぬ顔をして栗の木の根元の出入り口から戻ったんじゃ。

「それはできないと思います」

初雪は言うた。

「穴の出入り口にあるいばらの罠は、一匹では外すことはできません。外したのは、前のおじいさんがお帰りになるときだけで、すぐにまた取り付けました。誰もそのあと、外に出ることはできないはずです」

むう、と惣七じいさんはうなったが、「だったら蛇穴から出たんじゃろ」と言うた。

「あっちには罠が付いてないんじゃろう?」

「蛇穴から出るには豆倉に入らなければなりません。王竹さんと玉竹さんは、前のおじいさんがお帰りになったとき、すでに豆倉の前でねずみ将棋をしていたのです。万福さんと忠三郎さんの他には誰も、豆倉に入っていかなかったと二匹は証言していましたよね」

「双子が将棋を指す前に、蛇穴から出とったらどうじゃ」

「前のおじいさんのおむすびを豆倉に運ぶように長老が言い付けたのは、おじいさんがお帰りになったあとです。おむすびを運べと長老が言うかどうかも、万福さんが一匹で運び入れるかどうかも知りえないうちから、どうして外へ出て待ち伏せできるんですか?」

初雪は、ねずみのくせに反論が整然としておった。

「うるさいわい。わしには繰り返す力があるんじゃ。また元へ戻って、万福を殺したやつの顔を見てきてやる。そいつがどこを通るかはわかっとるんじゃ」

栗の木の枝のことじゃった。

「どけっ」

「きゃっ」

初雪を突き飛ばすと、惣七じいさんは広間へ走った。待っていたねずみたちが一斉にじいさんの顔を見た。

「お、おじいさん。どうなさったのですじゃ」

長老の問いには何も答えず、やぐらへまっしぐらじゃ。そして思いきり、やぐらに体当たりをした。めりめりっとやぐらは倒れてくる。

「な、何を、うわぁあ」

長老が血相を変え、ねずみたちが悲鳴を上げる前でやぐらは倒れ、釣り鐘は落ち——

ご〜〜〜〜〜〜〜ん

六、

惣七じいさんは、山の中におった。頭の上からは木漏れ日、尻の下には亀の形をした岩。

じいさんはすぐに立ち上がり、栗の木へと駆け寄った。登ろうとしたが、じいさんの手の届く位置には枝はなく、樹皮もつるつるしていてなかなか登れなんだ。

「およ、惣七じいさんでねえか」

田吾作がやってきた。

「おい田吾作、こっちへこい。わしを肩車するんじゃ」

「なんじゃ？」

田吾作は目を丸くしておったが、じいさんは強引に田吾作を栗の木の下にしゃがませると、その肩に乗った。

「じいさん、おら、あけびを探しとるんじゃが……」

「うるさいわい。早《はよ》う、立て」

田吾作が立ち上がると、惣七じいさんの目線はちょうど、栗の木の洞のあたりまできたんじゃ。そこから伸びる太い枝。茂る葉のあいだに、もそもそと動く影がある。

（あっ！）

向こうは気づかなんだが、じいさんはその姿をはっきりと見た。知っとるねずみじゃった。

「お前じゃったんか……」

その顔を見て、じいさんはあることを思い出したんじゃ。そして、すべてがわかった。どうやってそいつが、万福が豆倉に入るのを知ることができたのか。ねずみ将棋に興じておる双子に気づかれずに、豆倉に出入りできたのか。

「こしゃくなことをしおって。しかし、やったぞ。これであの袋はわしのもんじゃ」

じいさんはすぐに、田吾作の肩から飛び降りた。

「田吾作、あけびは向こうじゃ、さっさと去れ」

田吾作を追っ払うと、すぐに竹皮の包みを開き、おむすびを三つとも転がした。

おむすびころりん　すっちょんちょん

おてんとさまの　ごほうびか

そして膝を抱え、転がっていく。気づくと、いつものようにねずみらに囲まれておった。

米粒だらけで笑う黒丸。あいさつする長老。じいさんはその長老の肩をぐいとつかんだ。

「長老、長々説明しておる暇はない。豆倉で、万福という太ったねずみが殺されておる。そしてわしは、誰が万福を殺したかを知っておる」

「な、突然、何を……」

「つべこべ言わんと、早く行くんじゃ」

ねずみたちはざわめきながら、豆倉へ行く。王竹と玉竹が、ねずみ将棋を指しておった。

「長老。どうしたことです、大勢で」

王竹が怪訝《けげん》な顔で訊ねたんじゃ。

「この人間のおじいさんが、豆倉の中で万福が殺されておると言うんじゃ」

長老に促され、若いねずみたちが黒塗りの扉を開いた。果たして、そこに万福の巨体があったんじゃ。首にははっきりと、絞め跡がある。

「こ、これはどうしたことじゃ」

「なあ、言うたとおりじゃろう。わしは人間の探偵じゃ。わしがこの万福なる大ねずみを殺した者を明らかにしてやるわい。そうしたら、なんでも望みのものが出てくる袋をよこせ」

「なぜその袋のことを」

「前にここに来たじいさんから聞いたんじゃ」

「あんなものでいいのだったら」

「その言葉、しかと聞いたぞ」

じいさんは鼠観音に向かい、ひょいひょいと頭までよじ登ると天井の板に手をやった。

「な、何をするですじゃ。そこはけして開けてはいけない、蛇穴ですじゃ」

長老の言葉などお構いなしに、惣七じいさんは蛇穴への出入り口を開け、皆を鼠観音の上から見下ろしたんじゃ。

「万福を殺した者は、ここから外へ出たんじゃ」

「でも、このねずみ穴に棲んでいる者にとって、それは禁忌ですじゃ」

「他者を殺《あや》めようとする者に、禁忌も何もないわい。のう、黒丸」

じいさんは、顔や体に米粒のついた黒丸を見下ろした。――さっき、栗の木の枝で見たのは、間違いなくこやつじゃったのじゃ。

「何を言います。たしかにその蛇穴を使えば、この倉へ入ることはできましょう。でも殺す前に、このねずみ穴から外に出ていなければならないではないですか」

「そうじゃ」別のねずみが口添えしたんじゃ。「前のおじいさんが帰って、いばらの罠を取り付けたときに、黒丸はおいらと一緒におった。あれ以降、外には出られん」

「誰が、倉に入るのにも蛇穴を使ったと言った？」

じいさんは鼠観音から下り、一同のあいだを縫って、黒塗りの扉の前で立ち止まる。

「入ったのはこの扉からじゃ」

「そりゃおかしい」反論したのは双子の片割れ、王竹じゃった。「前のじいさんが帰ったときからずっと、俺たちは扉の前で将棋をしとったぞ」

「ちげえねえ。万福が一人で入るまで、誰も入らんかったぞ」

玉竹も同意する。

「黒丸はお前たちの目を盗み、万福と同時に入ったんじゃ。あれを使ってな」

じいさんは、万福の脇にある、おむすびを指さしたんじゃ。

「黒丸ほどの大きさなら、おむすびの中に隠れるのなどわけないわ。お前らが『前のじいさん』と呼んどる米八のおむすびを、長老が運んどくように万福に頼んだあとで、黒丸は一緒に食おうとでも万福をそそのかし、自分を隠したおむすびごと倉の中に運ばせたんじゃ。それで万福を殺し、蛇穴から出た。おむすびの中に隠れておった黒丸は、全身米粒まみれじゃった。それをきれいに取ってから戻るつもりじゃったが、背中についたもんまで取れるか不安になったろう。そのとき、蛇穴の出入り口がある栗の木の枝から、わしがおむすびを転がしているのを見かけたんじゃ。わしのおむすびにいち早くかぶりついたように装えば、全身に米粒がついていてもごまかせる。そう思ったお前は、坂の下の穴に飛び込んでおむすびとほぼ同時に穴に転がり落ち、まんまと他のねずみたちの目を欺《あざむ》くことに成功したんじゃ」

「何を馬鹿なことを」

笑う黒丸に、「証拠はある」とじいさんは自信満々に言うた。

「うちのばあさんの作ったおむすびはな、米の芯が残っとって、そりゃあまずいもんじゃ。それに比べ、米八のおむすびはふっくら炊けとってうまかろう。黒丸の体に、一粒でもふっくらした米粒がついとったら、それはわしのではなく、米八のおむすび。おい良之助、黒丸についとる米粒を一つ取って食うてみい」

黒丸のそばに佇《たたず》んでいた良之助がはっとして、黒丸の肩についとる米粒を取り、口に放り込んでもぐもぐしてから長老のほうを向いたんじゃ。

「ふっくら炊けております」

じいさんはにんまりして、長老のほうを向いた。

「どうじゃ。万福を殺した者を明らかにしてみせたぞ」

「黒丸は万福とは仲ええはず。どうして殺さにゃならんのですじゃ」

「ねずみがねずみを殺す理由など知らんわい。どうやって豆倉へ入り、殺したあとにどうやって出ていったのか明らかにした。証拠も示した。じゅうぶんじゃろ。はよう、約束の袋を出さんか」

惣七じいさんは長老に手を差し出した。長老は黙ったまま、じいさんの手を見つめておったが、やがてぽつりとつぶやいたんじゃ。

「……怪しいのう」

じいさんに向けられたその眼には、疑いの色が宿っておった。じいさんは思わず、あとじさってしもうた。

「な、何が怪しいんじゃ」

「そもそも、なんで初めてこの穴に入ってきたあんた様が、豆倉のことを知っとるんじゃ」

長老の後ろから、王竹が訊いた。

「そうじゃ。それに万福が死んでおったことも、蛇穴のことも、なんでも知っておる。怪しいのはあんたのほうじゃ」

玉竹も同意する。まわりのねずみたちも同じじゃった。惣七じいさんはことを急ぐあまり、ねずみたちの信用を得ることをおろそかにしとったんじゃ。

じりじりと、ねずみたちがにじり寄ってくる。じいさんはいくつか前の回の、襲われたときのことを思い出して足が震えよった。

（こうなったら、しかたない）

「実はな、わしはこのねずみ穴で不思議な目に遭っておる。繰り返しとるんじゃ、い、い、い、い」

じいさんは、今までのことを正直にみーんな話した。広間の釣り鐘が鳴ると亀の形の岩に腰掛けていて、またここに来ることまで含めて、全部じゃ。

「何を言うとるんじゃ、この人間は」

ねずみたちは一向に納得せなんだ。

「気をつけよ。人間ちゅうのはホラ吹きじゃで、これくらいの出まかせは簡単に思い付く」

黒丸が言った。

「で、出まかせではないわい。わしゃ、見たんじゃ。おまえが栗の木の洞から出てくるところを」

「嘘をつけ！」

黒丸が言った脇から、長老が出てくる。

「一つ聞きたいんじゃがのう。その話が本当じゃとして、どうしてわしらは繰り返さないんじゃ」

「はあ？　知らんわい」

「それから、あんた様が繰り返しで新しい回をはじめたら、前の回のあんた様はどうなるんですじゃ。釣り鐘が鳴ったと同時に、そっちの回のあんた様は消えてしまうんかいのう」

この長老ねずみは、本当にいちいち突っかかってくるんじゃ。

「そんな細かいことをぐじぐじ考えるやつなど、初めから相手にしたくないんじゃ！」

じいさんは言いながら、はたと思いついた。

「そうじゃ。初雪、初雪はどこじゃ」

ねずみたちの目が、その白い娘ねずみに注がれたんじゃ。初雪は、急に名を呼ばれ、驚いておるようじゃった。

「初雪よ。お前、わしと同じく繰り返しておろうが。こいつらに言ってやれ！」

「私……知りません。そんな、繰り返しだなんて、奇想天外なこと、考えたこともありません」

（そうじゃ。これは、六回目じゃ。事情を知っておる初雪は、この回にはおらんのじゃ）

「ええい、面倒くさい！」

じいさんは倉の扉を開けて走り出した。目指す先はもちろん、広間の釣り鐘じゃ。

「ちゅう」「ちゅうちゅう」「ちゅうちゅうちゅう」

ものすごい勢いで、ねずみたちが追ってくる。じいさんも必死じゃ。広間のふすまを開けて飛び込んだ。同時に、ねずみたちが覆いかぶさってきた。肩口に、鋭い歯の痛みが走る。ねずみたちはまた、あの獰猛《どうもう》な獣になっていたんじゃ。

（かくなる上は）

じいさんは思い切り息を吸い込んだ。

「にゃあああぁぁぁっ！」

「きゃあ」「猫じゃ」「猫がおるぞっ」

ねずみたちは大騒ぎ。じいさんの上から飛びのき、あたりを走り回った。ぱっと、明かりが消え、あちこちからぶつかる音がする。

「猫はどこじゃ」「追い出せ」「食べられちまうぞ」

ごちん、ごちんと方々でぶつかる音。やがて、めりめりっとやぐらが倒れる気配がして――

ご～～～～～～～～ん

七、

惣七じいさんは、山の中におった。頭の上からは木漏れ日、尻の下には亀の形の岩。

「猫の鳴き声なんぞ。初めと一緒じゃ」

もう、へとへとじゃった。

しばしぼんやりしておったら、青い栗のいがが落ちてきた。頭上を見るまでもない。

枝を黒丸が駆けていくところじゃろう。

(田吾作が来《こ》んのう)

ふと思ったが、もうどうでもよかった。ややこしゅうなるだけじゃ。

「よし」

とにかく、今回で本当にしまいじゃ。じいさんは竹皮の包みをほどき、おむすびをつかんで腰を上げると、ねずみ穴に向けて転がしたんじゃ。

唄はすぐに聞こえてきよった。膝を抱え、ごろごろと転がった。

「おや、ひょっとして、おむすびを三つも放り込んでくださったのは、あんた様ですかいの」

お決まりの言葉で出迎える長老を無視し、じいさんはあたりを見回し、初雪を見つけた。初雪もじいさんを見ておる。

「お前、知っておるほうの初雪じゃな」

じいさんが問うと、初雪は「はい」と、しっかりうなずいた。

「四回目です。おじいさんは、七回目ですね」

「そうじゃ。六回目では、お前が知らんもんで、失敗してしもうたわ」

「今回は、ちゃんと明らかにしてくれますね」

「まかせとけ。お前が皆に説明してくれりゃ、大丈夫じゃ」

長老をはじめとして、まわりのねずみたちは不思議そうじゃ。

「初雪、知り合いか？」

「はい。長老、実は今、豆倉で……」

「待て初雪」じいさんは初雪を止めた。「まずは広間じゃ。何かの間違いで釣り鐘が鳴らんよう、取り外しておかねばならんからの」

＊

「本当に、何と礼を言っていいかわからんですじゃ」

長老は、惣七じいさんにぺこぺこと頭を下げた。

「あんた様がいなかったら、わしらはずっと、黒丸の仕業とは知らず、恐れおののいたまま日々を過ごすことになったでしょう」

今回は、うまくいった。初雪は控えめじゃが、嘘はつかん誠実なねずみとして仲間内で通っておった。その初雪が繰り返しについて説明したので、ねずみたちは不思議がりながらも、じいさんの主張をすっかり受け入れた。

黒丸は抵抗したが、米粒の証拠で観念した。何年か前、万福と黒丸の兄とが外に食いもんを探しにいったとき、鷹に襲われ、黒丸の兄を犠牲にして万福だけが助かったそうじゃ。黒丸は万福と仲のいいふりをしながら、復讐の機会をずっとうかがっとったということじゃ。……惣七じいさんにとっては、どうでもいいことじゃった。

「さあ、おじいさん、約束の品ですじゃ。どうぞ持って帰ってくだされ」

長老はじいさんに袋を渡したんじゃ。じいさんはそれを手にして、七回分の疲れもすっかり吹き飛んだ。

「どれ、そろそろおいとまするとしようか」

「餅でもついておもてなしをしたいんですがな」

「いらんいらん。餅は嫌いじゃ。家で、ばあさんが待っとる」

「では、穴までお送りしましょう」

穴の下まで来ると、若いねずみが三匹ほど四つん這いになり、台になってくれた。いばらの罠は、取り外してある。

「おじいさん、さようなら」最後に、初雪が声をかけてきた。「どうぞ、またいつでもお越しください」

「二度と来るもんかい、こんなところ」

じいさんは言い残し、唾をペッと吐くと、振り返ることなく一気に穴を上がっていったんじゃ。

穴を出るころ、惣七じいさんは元の大きさに戻っておった。足元を見下ろす。こんな穴にどうやって入ることができたんじゃろう、と思えるほど小さかった。

腰の帯に手をやる。袋はしっかりはさまっておる。

（やったぞ。これで一生、楽して暮らせるわい）

ほくほくした気持ちで、七回転げ落ちた坂を上っていった。

そのときじゃ。

「およ、惣七じいさん。戻ってきただか」

じいさんはぎょっとした。

亀の形の岩に、田吾作が腰掛けて、こっちをじっと見ておったんじゃ。右手に持った太い薪《まき》を、ぶんぶんと振り回しておる。

「な、何をしておるんじゃ、お前」

「じいさんを待ってただ。なんでも望みのものが出てくる袋っていうのは、それだか。おらにも貸してくれろ」

じいさんはあとじさった。

「な……、なぜお前が知っておる」

「じいさんに追い払われたあと、村に戻って、米八じいさんにあけびのことを相談しただ」

そこで田吾作は例の金銀財宝を見て、袋の話を聞いたんじゃと。米八は「今、惣七も行ってるで、一緒に行ってきたらええ」と、おむすびまで持たせてくれたのだそうじゃ。

「それでおら、おむすびを転がしただが、いっこうに唄が聞こえてこねえ。おらもごろごろ転がって、穴に入っただが、ねずみっこも出てこねえ。そのうち、賑《にぎ》やかな音がしてきたんで、そっちに行って、ふすまの隙間からこっそり覗いたら、ねずみが踊ってて、惣七じいさんがつまんなそうにしてただ。こりゃ、おらが代わりに踊ってやらにゃなるめえ、と思ったところで、じいさん、立ち上がって、猫の鳴き真似をしただろ」

どうやら、田吾作は一回目の話をしておるらしかった。

「そうしたら真っ暗になって、おら、怖くなって、惣七じいさんを頼って、部屋の中に入っただ」

そういや一回目の闇の中、「惣七じーさーん」という叫び声が聞こえておったのを、惣七じいさんは思い出した。

「おら、何か固い木の柱みたいなもんにぶつかって、その柱がめりめりって折れて、釣り鐘みたいなもんが落ちてきて、音が鳴って――」

「何？　じゃあ、一回目の釣り鐘は、お前が落としたんか」

「わからねえ。とにかく、ご～ん、ちゅうその音を聞いたと思ったら、いつのまにか、山道にいたんだ」

田吾作も繰り返したということじゃ。しかし……

「おかしいじゃろ。田吾作、お前、二回目も三回目も同じことを言って……」

じいさんははっとした。初雪の二回目、四回目、六回目とそっくりじゃ。

「いつのまにか山道に戻ったあと、どうしたんじゃ」

惣七じいさんは改めて問うた。

「何が何だかわからねえで、しばらくそこで、ぼーっとしておった。で、山道を上ってきたら、これが」

田吾作は竹皮の包みを持ち上げた。もうじいさんには何が起きているか、はっきりわかっておった。

「田吾作、お前、五回飛ばしか」

「何を言うとるんだ、惣七じいさん」

繰り返し一回目の田吾作は、何も気づいていないと見える。

「お前に言うてもわからんわい」

「なんでもええだ。じいさん。不思議な袋、おらにも貸してくれろ。おらのおっかあ、今夜にも、死んでしまうかもしれねえ。最後に、あけびを食わせてやりてえんだ。今の季節にねえあけびも、その袋を使えば、いっぱい出てくるんだろ?」

「馬鹿言え。これはわしが七回目にしてようやく手に入れたもんじゃ。一回しか繰り返してないお前なんかに貸せるもんじゃないわい」

「何を言っとるんか、わからん。さあ、さあ」

取りすがる田吾作の手を振り払い、惣七じいさんはさっさと山道を下りはじめた。

と、そのとき……

ずごん。

頭にものすごい痛みがあって、じいさんは膝からくずれおちた。

「ああ、あああ……」

頭を押さえる。血がだらりと顔に垂れてきた。振り返ると、視界に入ってきたのは、太い薪を振りかぶった田吾作の姿じゃった。

「すまんの、じいさん」

田吾作はつぶやくと、ずごん。惣七じいさんの頭にもう一度、薪を打ち付けたんじゃ。

「ぶふっ……！」

「おらのおっかあ、もうすぐ死んじまうだ。どうしても、あけびを食わせてやりたいんじゃ」

もんどりをうつ惣七じいさんの帯から、袋が抜かれる気配がした。血まみれのじいさんの目に、のそのそと山道を下りていく田吾作の後ろ姿が映った。

「だ……誰か……、釣り鐘を……、鳴らしてくれ……」

かすれゆく声を出しながら、じいさんはふと思ったんじゃ。

初雪が一回飛ばし、田吾作が五回飛ばし。それなら長老や黒丸や良之助や、その他のねずみたちの中には、もう少し多くの回数を飛ばしておる者もおるんじゃないかと。そっちの回には、もっとうまくやった惣七もおるんじゃないかと。

惣七じいさんの最期の想像が当たっとるかどうかはわからん。じゃが、ひょっとしたらどこかには、別の「おむすびころりん」の話が伝わっとるかもしらん。

ともあれ、わしの知っとる「おむすびころりん」の話は、これでしまいじゃ。

わらしべ多重殺人

第一章・春

一、みかん

赤子がぎゃあぎゃあ泣いておる。……あれは……息子の、まつ坊の泣き声だ。

おみねははっとした。薄暗いぼろ屋の土間で、ぼんやりと佇《たたず》んでおった。

目の前には、赤い羽織を着た、熊のような図体の八衛門《はちえもん》が、うつ伏せになっておる。

全身から酒の臭いをさせたわが夫は、顔をぬか床に突っ込んだまま、ぴくりとも動かない。おみねは慌ててその体を揺すぶった。

「あんた、あんた……」

反応はない。半分ほどほつれた夫の髷《まげ》をつかみ、その顔を引っ張り上げた。右眉から目の下までの長い切り傷、月代《さかやき》の真ん中の大きなほくろのある特徴的な顔――その顔が、真っ白だった。

「あんた、あんた」

頬を叩くが、ぬかがぼろりと落ちるだけだ。おみねは震えた。

八衛門が帰ってきたのは、ついさっきのことだ。なぜか、ひざから下がびしょぬれであった。

「おい、帰ったぞ」

雷のような怒鳴り声に、まつ坊が泣き出した。

「これは土産《みやげ》じゃ」

八衛門は、土間に下りたおみねに握りこぶしほどの大きさもあるみかんを三つ預けると、水甕《みずがめ》の水を柄杓《ひしゃく》で掬《すく》い、ごくごくと飲んだ。それから、板の間で泣いているまつ坊のほうにぎろりと目をやった。

「うるさい餓鬼《がき》だ、こうしてやる」

八衛門は板の間に上がり、まつ坊を抱え上げる。

「何をするんです！」

おみねはみかんを放り出してまつ坊を奪い取り、八衛門を睨《にら》み付けた。その目が、八衛門は気に入らなかったようだった。

「子が生意気なら母親も生意気だ。誰のおかげで生きてられると思うとるんだ、ああっ？」

あんたのおかげではない。おみねは腹の底で叫んだが、口には出さなかった。

八衛門の仕事は行商人である。一年と少し前、ふと知り合って夫婦になったときには、優しい男だった。ところが、おみねがまつ坊を身ごもった頃から、人が変わったように荒れていった。もともと行商のために、七日に一度この家に帰ればいいほうだったが、帰ってくるときは必ずと言っていいほど酒に酔っていて、おみねに手をあげるようになった。子どもが生まれても、その態度は変わることなく、むしろひどくなっていった。

大方、今日も飲んできたに違いない。日も出てきたころに帰ってきて、こう暴れるのではかなわない。

「沢を歩いてきて腹が減った。何か出せ」

「出せって言ったって、何もありませんよ」

「早くしろ。俺は忙しいんだ。午後に人と会う約束がある。ほしいもんが手に入るんじゃ。それまでにひと眠りしたい」

「そんな、勝手なことばかり……」

「もういい。漬物があったろう。自分でやる」

八衛門はふらふらとした足取りでぬか漬けの樽《たる》へと向かい、蓋《ふた》をはねのけた。

「漬物はどこじゃ、漬物は」

そのときだった。ぬか床を引っ掻き回す八衛門の首元に、白い襟巻が巻かれていることに気づいた。見たこともない綺麗な光沢を放ち、八衛門が自分で買ったとも思えなかった。

女だ。おみねは直感した。「人と会う約束」というのだってその女とに違いない。

この男、私とまつ坊がありながら、よそで女と——。

おみねの中に衝動が走った。まつ坊を板の間に置いて八衛門の背後に立ち、頭を両手で押さえると、一気にぬか床の中に顔を押し付けた。

うぐっ。もがく八衛門。その後頭部に今度は尻を載せ、自分の目方を八衛門の頭にかけた。

ぐぐ、ぐぐぐ。しばらく八衛門は苦しそうに手足を動かしていたが、やがて動かなくなった。

まつ坊は泣き止まぬ。

ぬか床を枕にするようにして突っ伏す夫。

死体をこのままにはしておけぬ。この家は、中沢村《なかざわむら》の一ノ集落からも二ノ集落からも離れた中沢川沿いにある。八衛門が帰ってきたところは、誰も見てはおらぬだろう。夜を待って、裏山の崖へ投げ捨てよう。酒に酔って裏山で迷い、足を踏み外して死んだことにできるはずだ。

とはいえ、八衛門のこの大きな体を抱えて捨てにいくのは無理だ。一ノ集落に住む琴《こと》吉《きち》は、子どもの頃からの知り合いだ。あの家には大きな大八車がある。あれを借りればいいだろう。

そこまで考えて、おみねは思い出した。今日の昼すぎ、隣村に住むおりんが、修繕した箒《ほうき》を持ってくることになっていた。そのときに死体があったら大変なことになる。

「どうしたらいいものか……」

おみねは頭を抱えたが、こうなったらおりんが来る前に片づけるほかはない。たすきを持ち出し、泣き喚《わめ》くまつ坊をすばやく背中にしょった。そのときふと、土間に転がったみかんが目に留まった。──たしか、土産だと言っていた。これがあると、八衛門が家に帰ってきたことがばれてしまうかもしれない。大八車を借りにいくついでに、どこかに捨てるか、誰かにあげてしまおう。

おみねはみかんをひっつかみ、戸を開けて表へ出た。

中沢川の水音が、やけに耳についた。

二、美しい布

「じい、私は喉が渇いた」

「ここいらでは飲み水が手に入りませぬ。もう少し我慢してくだされ」

壮平《そうへい》はふらふらになって歩いている椿《つばき》を励ました。

朝になってだいぶ経つ。

「いやよ。喉が渇いたの。水を飲むまで一歩も動かないわ」

椿はついに座り込んでしまった。まったく、このわがまま娘にも困ったものだと、壮平は腕を組んで椿を見下ろした。

ことの起こりは、昨日の昼すぎのことだった。屋敷の庭石のところで、りくがうずくまったきり動かなくなってしまったのだ。

りくは屋敷で飼っている白狐である。五年前に庭に迷い込み、この家の一人娘、椿になついたのである。古来、白狐は神の使いという。縁起がいいからと主人も飼うことを許し、今では屋敷の者みなにかわいがられておる。

そんなりくがぐったりしてしまったので、椿は取り乱した。息はしておるが、もう先が長くないように見えた。

「じい、なんとかして」

屋敷の使用人頭である壮平にすがって椿は泣いたが、狐の病の治し方などわからない。

すると使用人の一人がこんなことを言った。

「北方にある剣《けん》が山《やま》の剣健稲荷《けんけんいなり》神社に、剣健布《けんけんぶ》という不思議な布があると聞いたことがあります。死んだばかりの生き物にこの布をしばらく触れさせておくと、元気に生き返るとか。ひょっとしたら、病気の動物にも効果があるやもしれません。金子《きんす》を出せば、買うこともできるのではなかったかと」

「じい。私をそこへ連れていって」

剣が山は、山を七つ越えた北方にあり、行くのに丸一日かかるのだ。足腰がめっきり弱ってきている壮平にとって、簡単な道のりではなかった。

「じい、お前が供をせい」

椿の父である主人も、そう言った。主人の命ならば聞かねばならぬ。壮平は椿とともに、剣健稲荷までの旅に出た。

着いたのはすっかり暗くなったころであった。神官にわけを話すと、さっそく祈りを捧げようという。疲れをいやす間もなく椿と壮平は祠《ほこら》の前に並び、作法にのっとって祈りを捧げた。そして、剣健布が目の前に運ばれてきた段になって、椿がこう言った。

「その布を、あるだけちょうだい」

壮平も神官も、びっくりした。

「一巻きあれば十分です。その布で体を包むだけでいいのですから」

「たくさんの布で包めば、りくはきっと、より早く元気になるわ」

「そういうものでは……」

「お金ならいくらでもあるわ。足りなかったら、あとで父上に届けてもらえばいいもの」

椿は当年、二十になる。甘やかされて育ったためわがままで、なんでも金銭で解決しようとする。そればかりか、一度言い出したら壮平や周りの者がいくら言っても、まるで聞く耳をもたないときている。

結局、椿は持ってきた小判すべてと引き換えに、五巻きの剣健布を手に入れた。それを包んだ風呂敷を背負って帰るのは、もちろん壮平である。

遅いから泊まっていきなさいと神官は言ったが、

「こうしているあいだにも、りくは苦しんでいるのよ」

椿のその一言で、屋敷へ向けて夜通し歩くことになってしまった。朝までには着くでしょうと、若い椿は壮平のことを気にかける様子もなかった。

神官から借りた提灯《ちょうちん》の明かりを頼りに、椿と壮平は帰路を急いだ。

夜が明け、空が白みはじめたのは五つめの山を越えようかというときのことだった。

右側が、中沢川の流れる崖になっている、危険な道じゃった。

「おい！」

突然、熊のように図体のでかい男が二人の前に立ちはだかった。赤い羽織を着た男で、右目のあたりに特徴的な切り傷があり、月代にこれまた特徴的なほくろがある。酒の臭いがぷんぷんしておった。

「こんな明け方にどこへ行く？」

「お、お、お主はいったい……」

壮平がぎょっとしながら訊ねると、

「俺は八衛門。この山の山賊じゃ」

男はにやりと笑った。

「じじいになど用はない。やい娘、俺と一緒に酒でも飲もうではないか」

「いやです。私たちの帰りを待っている者がいるのです」

椿は気丈に言い放った。

「よいではないか。おい、こっちへ来い」

「おっ、おやめくだされ」

「じじいに用はないと言っただろうが！」

八衛門の張り手に飛ばされ、壮平はしりもちをついた。その拍子に、背負っていた風呂敷から、剣健布が一巻き、落ちてしまった。壮平は、痛みでしびれる頬を押さえながら慌てて拾った。

「ん？　なんじゃ、見たこともない美しい布じゃ。おいじじい。それをよこせ」

「い、いや、これは……」

「ここにまだあるようじゃな」

壮平の肩をつかみ、背中の風呂敷に手を突っ込む八衛門。布を一巻き引っこ抜いたその手を、壮平はつかんだ。

「よこせというのに」「おやめくだされ」

争っていると、こーん、と金属で木の幹を叩くような甲高く乾いた音が響いた。

「うぐっ！」

頭を抱える八衛門の背後に、椿が仁王立ちになっている。その右手に、鉄でできた柄杓が握られていた。

「お、おお、おのれ、こやつ……」

振り返った八衛門が椿に向かっていくが、その足取りはふらついている。

「うわあぁっ」

椿は柄杓を投げ捨て、熊のような体に体当たりをした。ぐらりと八衛門は傾き、ぎゃああと叫びながら崖の下へ落ちていった。

「お嬢。その柄杓は……」

「帰り道は危険だと思って、お稲荷様の手水《ちょうず》にあったのを借りてきたの。それより山賊は？」

二人で崖下を覗《のぞ》いた。三十尺（約十メートル）ほど下、中沢川の河原に、八衛門は仰向けになって倒れていた。ぴくりともしないその腹の上に、先ほど奪われた剣健布があった。

「し、死んでいるのでしょうか」

確かめに降りるなどという怖いことはできなかった。

「もう行きましょう」

人を突き落として興奮している様子の椿に促され、壮平も立ち上がった。

――それから半刻（約一時間）ばかり歩いたところで、椿はへたり込んだのだった。八衛門を殴ったときの威勢はどこへいったのやら。

「椿様。このあたりは川からも離れていますから飲み水は手に入らんです。この山を越えたら一ノ集落と二ノ集落をつなぐ道に出ますから、今しばらくお歩きください」

「えぇーっ。疲れたと言うておるのに」

疲れているのはこちらも同じじゃと心の中で言いながら、壮平は椿を促すように歩き出す。背中の風呂敷の中の剣健布が、やけに重く感じた。

三、馬

「どうか、このとおりじゃ」

原口源之助《はらぐちげんのすけ》は両膝をつき、落ち葉に額をこすりつけた。中沢村の二ノ集落より少し離れた廃寺の裏手である。周囲に人影はなく、鳥の声がわずかに聞こえるばかりである。

「顔を上げろよ」

源之助は言われた通りにする。立派な馬の脇に佇んだ八衛門は、冷ややかな目で源之助を見下ろしていた。

「天下のもののふが情けねえじゃねえか。貸した金を返さねえうちから、また貸してほしいなんて。だいたい、前の七両を返すあてはあるのか」

「それは……」

「踏み倒されちゃ、かなわねえな」

馬の首をなでながら、八衛門は笑った。一生馬など持つことのできない源之助に見せびらかすように、この金貸しはいつも、この馬を連れてくるのである。右目の特徴的な切り傷や、月代の大きなほくろまでも、源之助を蔑《さげす》んでいるように見える。

「しかしまあ、俺も鬼じゃねえ。世話になったご家老様の葬式代と言われちゃな。……

そうだな、三両ならなんとかなるか。それに、今回は返さなくてもいいさ」

「ま、まことか？」

「もちろん、それなりの見返りはもらうがな」

「見返り？」

源之助の腰を八衛門は指さした。一振りの刀――御茶摘守時貞《おちゃつみのかみときさだ》である。

「最近、古道具屋から立派な太刀を手に入れたんだが、ひとつばかり難点があるのさ。だからもっとまともな刀がほしくてな。どうだ、三両でそれを買ってやる」

「こ、これは、天下に二本とない名刀。そうやすやすと手放すわけには……」

「あっ、そうかい」八衛門は笑いを引っ込めると、馬に向き直った。「それならいいぜ。俺は別に困らねえ。その気になりゃ、もっといい刀だって買えるんだからな。それにしても、お前のご家老様は不幸だなあ。こんな昼行燈《ひるあんどん》を配下に持ったんじゃ」

「昼行燈……だと？」

体が熱くなった。八衛門は源之助に背を向け、馬の首をさすっている。

「だってそうだろ。金がなくって恩人の葬儀も出せねえなんてよ。俺はお前さんの恩のために、刀を金に換えてやろうってのに。それも断るなんざ、ミミズほども価値がねえ侍だな」

殺す。源之助はそう思った。だが武士を愚弄《ぐろう》するような男の血で、名刀を汚すわけにはいかぬ。

とっさに、近くに座していた古びた地蔵を両手で持ち上げた。

「八衛門」

「なんだよ」

振り返ったその頭めがけて、地蔵を振り下ろす。

「がっ……」

八衛門はどさりと仰向けに倒れた。その目にはすでに生気がなかった。ほくろのある月代から鮮血が流れ、頬へ。首に巻かれた白い襟巻を染めていく。

殺してしまった……。地蔵を放ると、すぐに後悔の念にかられた。

同時に、家老の葬式代はどうしようという気持ちも膨れ上がっていく。

ぶるるぅと、馬が顔を振る。源之助はその馬を見る。

八衛門という男、素性は知らぬがかなり裕福な商家の者であろう。年はとっているが、毛並みのいい馬だ。知り合いに馬喰《ばくろう》がいる。人を殺した後だ。ついでに罪を重ねようとかまうものか。

早く葬儀代を用意せねばという焦燥と人を殺した興奮が、源之助から冷静さを奪っていた。

源之助は馬の手綱《たづな》を取り、知り合いの馬喰のもとへ向かった。

が——それから二町も歩かぬうちのことである。

ぶふふぅ……。力の抜けたような息を一つ吐き、馬は道端にへたり込んでしまった。

「ど、どうしたのじゃ？」

首を叩いても顔を叩いてもぴくりともしない。そしてそのまま地べたに伏すと、まるで死んでしまったかのように、目をつむって動かなくなった。

これでは、金に換えることはできない。

四、わらしべ長者

むかしむかしあるところに、半太《はんた》という名の、まずしい男がおった。

半太はたいそう運のない男で、働いても働いても暮らしは楽にならんかった。父も母もとうに死に、妻も親戚も友人もおらんかった。

いったい何のために生きておるのか。今日おれが死んでも、誰も悲しむ者はおらんのじゃないか。一日中畑で泥だらけになるまで働いたあと、半太の頭の中を占めるのはそんな暗い考えだった。

ある日の朝、いつものように畑へ向かう途中、半太はふと、お堂の前で立ち止まった。扉が少し開いている。半太は誘われるようにその扉を開き、上がり込んだ。奥に壇があり、そこに鈍色《にびいろ》の古い観音像があった。半太はその観音像の前に座り、手を合わせて目をつむった。

「観音様。おれはもう生きていてもしょうがありません。どうか、ここで死なせてくだせえ」

そうつぶやいたとたん、瞼《まぶた》の向こうが明るくなった気がして目を開けた。なんと観音像の背後から、おてんとうさまのように明るい光が放たれておった。

「これ、半太」

驚いている半太に向け、柔らかい女性の声がかけられた。

「か、観音様でございますか」

「そうじゃ。わたしはお前が毎日汗水たらして働いているのをしっかりと見ているぞ。人間というのは、お前みたいにまじめに正直に生きるのが一番なんじゃ」

「しかし、それでも暮らしは楽になりません。いっそ観音様の前であの世へ行けたほうが」

「そんなことを言うものではない。よいか、今からわたしが幸運のお告げを授けてやる」

「幸運のお告げ?」

「うむ。しかし、勘違いするでない。お告げというのは、あくまではじめのきっかけにすぎない。そのあと幸運をどう引き寄せるかは、お告げを受け取った者次第なのだ」

「なんでもええです。今の暮らしを変えられるきっかけなら」

「よろしい。ではよく聞け。お前はここを出たところで、すぐに何かを手につかむであろう。それを大事に持ち、西の方角へぐんぐん進むがよい」

「西へ、ぐんぐん……」

足腰が疲れるのう、と、半太は少し面倒になった。観音様は、それもお見通しのようだった。

「面倒がるでない。手にしたそれは、それ自体では幸運をもたらさぬ。他のものと交換し、それをまた交換し、次第に価値のあるものになる。交換をし続けることで、必ずやお前を幸運へと導くであろう」

「なんだか悠長《ゆうちょう》な話で……」

「交換できる機会に、なんでも交換するのだ。よいな?」

「は、ははぁ～」

半太はひれ伏した。

顔を上げると、明るい光は消え、観音様もまた古びた物言わぬ像に戻っていた。なんだか夢を見ていたようだが、お告げはお告げだ。ぼんやりしながらも半太は立ち上がり、扉を開けて外へ出た。とたんに何かにつまずき、地面に倒れ込んでしまった。

「あいたっ」「いてっ」

半太は声のしたほうを見ると、仰向けになった男が膝小僧を押さえて顔をしかめていた。半太と同じようにみずぼらしい姿をした、三十ばかりの男である。半太がお堂に入ったあと、この男は扉の前の石段にやってきて、寝そべっていたと見える。

「こらお前、そんなところで……」

文句を言おうとしたところで、半太は気づいた。転んだ拍子に、地面に落ちていた一本のわらしべを握っていた。

「ん……ああ、すまねえ。大丈夫か、あんた」

身を起こしながらその男は意外にも優しい声をかけてきたが、脇に刀が置かれていた。まずいぞ。着ているものこそおんぼろだが、侍に違いない。せっかくお告げをもらったのに、難癖をつけられ、斬り付けられてはたまらない。

「おいあんた、聞いてるか？　おれ、長次郎《ちょうじろう》ってもんだが……」

自分の名を言ってくる男に背を向け、半太は逃げるように西へ歩きはじめた。

それにしても、こんなもの……。手の中のわらしべを見て、半太はため息をついた。交換し、それをまた交換し、などと観音様は言っていたが、こんなものを交換してくれる者などいるだろうか。

そのとき、ぶーんと虫の羽音が聞こえた。半太の顔の周りを、虻《あぶ》が飛んでいる。虻は、半太の鼻の上に止まった。半太はすばやくその虻を捕まえた。指の間で、ぶびびびともがいている。半太は虻の腰のあたりにわらしべを結び付けた。ぶびびび。虻は羽を動かすが、わらしべから抜け出すことはできなかった。子どもの頃はよくこんな遊びをやったもんだなあと懐かしがりながらしばらく歩いていくと、中沢村の一ノ集落というところで、泣いている赤子をおぶった母親に出会った。子どもは半太の持つわらしべの虻が大変気に入ったようで、きゃははと笑っていた。

「おや、この子が笑ったよ。朝からずっと泣いていて、困っていたんですよ」

女は苦笑いした。

「そんなにこれが面白けりゃ、やろう」

半太は、わらしべを虻ごと子どもにやった。

「まあまあ、まつ坊、よかったわね。そうだわ、お礼にこちらを差し上げます」

半太はみかんを三つもらった。

たしかに交換できたわいと不思議に思いながら歩いていくと、今度は林の中の辻で、えらく疲れた様子の二人組に出会った。一人は年老いた老人、もう一人は二十歳ばかりの娘だった。従者らしき老人は、お嬢が水を欲しがっているから水筒はないかと半太に訊ねた。水はないが……とみかんを差し出すと、娘はむさぼるように全部食べ、元気になった。

「ありがとう。お礼にこれを一巻き、あげるわ」

娘が白い物を差し出した。

「お嬢、それは……」

老人が慌てて止めようとするが、娘はまったく気にしない様子で言った。

「いいじゃないの、じい。けちけちしないの」

娘がくれたのは、見たこともないほど美しい光沢の布だった。

「これは、とてもありがたい布なのよ。めったに手に入らないわ」

娘が続けた。たしかにそうだと手の中の布を見て半太は思った。売ればかなりの金になるかもしれん。だがもちろん、半太は売るつもりはなかった。

観音様のお告げどおり、これもまた何か、もっと価値のあるものに交換できるはずだと確信していたからだった。

わくわくしながら歩いていくと、今度は頭を抱えた侍に出会った。そばには馬が死んだように伏していた。

どうしたのかと半太は訊ねた。

「世話になったお方が最近亡くなったので、葬儀を出そうと考えたが金がなく、馬を売ろうとした。だが売りに行く途中で、このとおりだ。……きっと、罰があたったのだ」

かわいそうだがどうすることもできない。一度はそう思った半太だが、待てよ、と思い直した。おれには、観音様のお告げの力がある。

「もしよかったら、この布と、馬を交換しましょうか」

侍は驚いて飛び上がった。

「なんじゃと。もう死にゆく馬だぞ」

「どうぞ」

と布を差し出したが、つるりと手から転げ落ち、馬の頭にふわりと落ちた。

「これは、げに美しき布……どこかで見たような気がしないでもないが、まあよい。まことにこれとこの馬を？」

布を拾い上げた侍が目を丸くする。

「ええ」半太は力強くうなずいた。

「かたじけない。では、さらば」

半太の気が変わらぬうちにとでも思ったか、侍はすたこらとその場を去っていった。その背中に深々と頭を下げ、半太は馬に目をやった。

「む……？」

どうしたことか。さっきまでぐったりとしていた馬が、首をもたげて半太の顔を眺《なが》めておった。そして前足を上げて蹄《ひづめ》を地面につけ、すっくと立ち上がり、ひひぃんと大きくいないないた。今の今まで地べたに伏していたとは思えぬほど、高らかないななきだった。

「どうだ。何もしておらぬのに、もう元気になったではないか」

交換できる機会に、なんでも交換しておく。観音様のお告げは正しかった。半太は嬉しくなって馬の首をなでた。とたんに馬は駆け出そうとする。

「お、おい、元気になりすぎだ」

慌てて手綱を取った半太だったが、その勢いに引きずられそうになってしまう。馬の扱いには不慣れだ。

「おおい、誰か、助けてくれえい！」

——このあと、半太はこの馬をきっかけとして、屋敷を手に入れることとなる。観音様のお告げから出世した半太の話は村じゅうに広まり、人々は半太のことを「わらしべ長者」と呼んだということじゃ。

めでたし、めでたし。

＊

「……こちらでごぜえますだ」

その村人は、木々をかき分けていく。村役人の山野栗蔵《やまのくりぞう》の目に枝が当たった。獣すら通らないような茂みである。

「こんなところに本当に古井戸があるのか？」

「ええ。うちの爺さんの代には使っていました。ほれ」

指さす先には、たしかに薄汚れた古井戸があった。釣瓶《つるべ》などはない。

山野はその井戸のへりに手をつき、中を覗いた。そして、声を失った。

すっかり枯れた井戸の底に、男が仰向けになっている。かっと目を見開いているが、
顔色は土気色で、死んでから三日は経っているかと思われる。図体は熊のように大きく、
赤い羽織を着て、右目のあたりに切り傷がある。月代に大きなほくろが見えた。

「知っている男か？」振り向いて訊ねるが、村人は首を横に振る。

「いんや。おらが家の近くに住むもんじゃねえです。一ノ集落か、二ノ集落か、ひょっとしたら隣村のもんかもしれねえ」

やっかいなことになった。山野は腕を組んだ。

藪《やぶ》に迷い込んで落ちて死んだのではなさそうだ。何者かに殺され、人目のつかないこの古井戸に捨てられたのか。とにかく役所より若い衆を呼んで、彼を引き上げねばならぬだろう――。

第二章・冬

一、

中沢村の村役人、山野栗蔵がわらしべ長者の屋敷へ招かれたのは、年の瀬も押し詰まった師走《しわす》十七日のことであった。このあたりは冬でも雪が降ることはめったにないが、底冷えがひどい。

二ノ集落から一里ばかり進むと、豪華な黒瓦の屋敷が栗蔵を迎えた。

門を入るとすぐ脇に馬小屋があり、中で毛並みのいい馬がぶるると鼻を鳴らしていた。

この屋敷はもともと、菜種屋庄兵衛《なたねやしょうべえ》という豪商が建てたものである。菜種油《なたねあぶら》の行商から身を起こし、陸運業、普請《ふしん》業、薬種《やくしゅ》業と手広く商売を行って財を成した。「油」と書かれた大きな頭巾《ずきん》をいつもかぶり、体は痩せていても豪快な笑いっぷりで「菜種長者」として知られたが、四十になった年にそれぞれの事業を配下の者に譲り渡し、突然隠居したのだ。

毎日多くの人に会っている生活を続け、人間嫌いになったとも噂《うわさ》されるが、真の理由は誰も知らないということだった。隠居後は三年ほど屋敷を一歩も出ず、ひっそりと暮らしていた。

そんな菜種屋庄兵衛は今年の四月、一人の男をこの屋敷に宿泊させたらしい。庄兵衛はその男を大変気に入ったそうで、下働きとして雇い入れた。

五か月後、庄兵衛は謎の病死を遂げた。葬儀は身内のみでひっそりと行われたという。屋敷はそっくりそのまま、下働きの男のものとなった。男は自分が屋敷を手に入れたのは、観音様と一本のわらしべのおかげであると吹聴《ふいちょう》し、今では「わらしべ長者」の名で通っている。

栗蔵がこのわらしべ長者に興味を持ったのは、ひょんなことがきっかけであった。四月、村内の古井戸で、一人の男の死体が発見された。男は背中に刀で斬られた傷があった。他殺体が発見された場合、村役人はその下手人を挙げ、城下の奉行所に突き出す仕事を担う。栗蔵はさっそく調べをはじめたが、次々と不可解なことが出てくるばかりで、夏がすぎ、秋になってもいっこうに解決にはつながらなかった。ところがこの師走になり、配下の者がある話を聞きつけてきたことにより、解決への道が見つかった気がした。

そんな折、わらしべ長者についても面白いことがわかった。長者の屋敷では、月に一度、客人を二人招いてささやかな宴《うたげ》を開くという。そこではまず、長者が今の暮らしを手に入れたいきさつを話す。客人はそれを聞き、自分の知っている奇譚《きたん》（不思議な話）を披露《ひろう》する。

この酔狂《すいきょう》な宴に参加する者を、長者は日々募っているという。さっそく人を遣わせて参加させてもらいたい旨を伝えると、「ぜひおいでくだされ」という返事がきたのだった。


「村役人の山野栗蔵殿かな」

玄関に現れた男はにこやかに訊ねた。

「さよう。本日はお招きいただき、感謝申し上げる」

答えながら栗蔵は、男の姿を観察した。年の頃は三十ばかり。刺繍《ししゅう》をあしらった見事な羽織を着ておる。四月までは百姓をしていたと噂に聞いたが、すでに亡き主の贅沢《ぜいたく》な生活が板についているようであった。

「寒いところをよくきた。おれがわらしべ長者だ」

十は年上であろう栗蔵に、くだけた口調を使う。

「さあ、入った入った。もう一人の客人はすでに待っておる」

長者に先導され、よく磨かれた長い廊下を何度か曲がりながら進む。広い屋敷だが、使用人の類は一切いないようだ。

たどり着いたのは二十畳ほどの部屋であった。床の間に、太刀が一本飾られている。柄《つか》に黄金の刺繍が施された、見事な太刀であった。

部屋には三人分の膳が用意されており、そのうちの一つの前に、背中の曲がった小柄な老人が一人、ちょこんと正座している。

「小牧《こまき》よ。この方は村役人の山野栗蔵殿だ」

老人は、にこりとして会釈した。

「山野殿。この翁《おきな》は、庄兵衛どんのやっていた薬屋で長らく働いていた小牧と申す者。古来の不思議な話に通じておるので、座に興を添えるために呼んだんだ。さあ、山野殿はそこに」

わらしべ長者に勧められるがまま、小牧という老人の隣に設《しつら》えられた膳の前に座る。長者は、自分の膳のそばにある火鉢にくべられた鉄瓶の中から徳利を取り、老人と栗蔵、そして自らの猪口《ちょこ》に酒を注いだ。

「まあ、遠慮せず、食ってくれ」

三人は酒を飲み、料理を食べる。膳の上に並べられた料理は、鯛をはじめとし豪華なものだった。いずれも美味で、酒によく合った。

「お口に合うかな」

わらしべ長者はにこやかに訊ねてくる。

「すばらしいお味だ。ときに長者殿」

「では半太でけっこう。おれのもともとの名だ」

「では半太殿。これほど広い屋敷におひとりで住まわれているのか。こういった宴の時には普通、酒などは家の者が用意すると思うが」

「なあに。もともとおれは庄兵衛どんの下働きとしてここに住まわせてもらったもんで な、人を使うより自分で動いたほうが気楽なんだ。もっとも、この料理は自分で作った もんじゃなく、二ノ集落の飯屋に作らせて運ばせたもんだがな」

栗蔵はうなずき、刺身を食べた。

「さあて」

酒を一口飲むと、わらしべ長者は栗蔵と小牧老人の顔を見比べた。

「承知のこととは思うが、この宴は奇譚、つまり、不思議な話を披露する会だ。実はおれ、奇譚を収集して、いつか書物として世に出したいと思っている」

「ほう。書物に」

栗蔵は反応した。小牧老人は何も言わず、にこやかに酒を飲んでいる。

「二人とも用意してくれたとは思うが、まずはおれの話から聞いてもらう。どうしておれがこんないい屋敷に住む長者になれたかという話だ。まあ、噂で聞いているかもしれねえが、本人の口から聞いたら、また違うだろう」

そしてわらしべ長者は、ぽつりぽつりと語りはじめた。

二、

それはたしかに興味深い話であった。

半太は四月まで、貧乏な百姓暮らしをしていた。いくら働いても楽にならない暮らしにほとほと嫌気がさして死を見据えていたが、ある朝、観音様を祀《まつ》るお堂でお告げを受けた。

『お前はここを出たところで、すぐに何かを手につかむであろう。それを大事に持ち、西の方角へと進むがよい』

それを交換できる機会になんでも交換するのだ、というのがお告げの内容だった。夢心地でお堂を出た半太はすぐにすっ転び、その拍子に一本のわらしべをつかんだ。こんなもの、何かに交換できるのだろうかと疑いつつ、飛んできた虻をそれに結び付けて西へ進むと、赤子を背負った女に出会った。そのわらしべを渡して赤子を泣き止ませた代わりにみかんをもらい、さらに西に進むと、今度は喉が渇いて辛そうな娘とその従者である老人に出会った。みかんを渡すと礼に美しい布をもらった。その布は、金に困っている侍を助けるため、死にそうな馬と交換したが、侍が去った直後にその馬は元気になり、いなないたというのだ。

わらしべがみかんに代わり、綺麗な布に代わり、馬に代わる。たった一日で起きた出来事とは到底思えない。まさに観音様のお告げをきっかけとした、交換による幸運の連鎖。――しかし栗蔵は、この話を聞いているうち、話の本質とは違う興味が湧いてしかたなかった。それは今宵、栗蔵が披露しようとしている奇譚に関係があった。

「おれはその馬の手綱を引いて、その晩泊めてくれる家を探した」

半太――わらしべ長者はいくぶん赤くなった顔で話を続けている。小牧老人は、もう何度もこの話を聞いていると見え、時折、穏やかな表情で相槌を打つようにうなずいていた。

「どうせなら広い家がいいと思っていたら、この屋敷の前を通りかかったんだ。すると、屋敷の中から、ぱりっとした身なりの男が出てきた。『ほう、これは立派な馬だ』。男は目を細めて馬の首をなでていたが、『なんだかおれも、こんな馬を持っていたような気がする』と言い出した。おれはまた何かと交換してもらえるかもしれねえと思って、『そんならこの馬をあんたにやりましょうか』と言ったんだ」

なんと気前のいいお方だと男は喜び、半太を屋敷に招き入れてもてなした。

「その男こそ、この屋敷の前の持ち主、油長者の菜種屋庄兵衛どんだった。庄兵衛どんはすっかりおれのことを気に入ってくれ、何日でもこの屋敷にいてくれていいと言った。

当時、この屋敷には年寄りの使用人が一人いたが、そいつは暇をほしがっていたんで、代わりにおれが家のことをするようにしたんだ。掃除をしたり、飯を作ったり、夜は庄兵衛どんの話し相手になったりな」

「菜種屋庄兵衛という男は」

栗蔵は口をはさんだ。

「隠居後は人間嫌いになって表に出なかったと聞くが、半太殿とは気さくに接したのか」

「ああ、おれにはまったく人間嫌いには見えなかったなあ」

わらしべ長者は腕を組み、天井を見上げた。

「ただ、昨日話したことを今日忘れているというようなことがよくあった。そもそも隠居をしたのは、物忘れがひどくなったかららしい」

「そうであったか」

「ああ。表に出なくなったのも、顔を忘れた知り合いに話しかけられて困るからということだった」

「なるほど……。いや、これは失礼。話の腰を折った」

「とんでもねえ。先を続けるよ」

わらしべ長者は酒で口を湿らせると、話を再開した。

「あれは夏の暑さが収まって、稲がこうべを垂れはじめたころだったか。朝になっても庄兵衛どんが起きてこなかった。おれは庄兵衛どんを起こしにいったが、庄兵衛どんはなんと冷たくなっていた。枕元には木椀が一つあって、草をすり潰したものが入っていた。庄兵衛どんは、薬種業もやってただろ。普段から自分で摘んできた草をすり潰して服用していたんだが、来てもらった医師によれば、毒草が混じっとったらしい。気づかず、自分で飲んじまったみてえなんだな」

「なんと……」

「庄兵衛どんの興した事業の中には、食いもの屋もある。そんな庄兵衛どんが毒に当たって死んだと世に知られたら、商売にも影響があるだろう。おれは、庄兵衛どんが事業を譲った店の者どもを集めて相談し、死んだ理由を内密にして葬儀を執り行うことにした。その席で、庄兵衛どんの遺言書を開いた。商売はすべて今それを営んでいる者に、屋敷はすべてこのおれに渡すということだった。反対する者もおらんで、おれはこの屋敷を手に入れたというわけだ。『わらしべ長者』というのは、庄兵衛どんの事業を引き継いだ商人たちが、勝手におれのことを呼んだ名だ」

わらしべ長者は長い話を締めくくり、にこりと笑う。

「最後は、不思議な話でもなくなってしまったがな」

「とんでもない。貴重な話を聞かせていただいた」

栗蔵は礼を言い、猪口を傾ける。小牧老人はにこやかな表情を浮かべたままだ。菜種屋庄兵衛の店で働いていたのだから、この話は知っているものと思える。

「それじゃ、いよいよ二人の番だ。どちらでもいいから、こういう不思議な話を聞かせてもらえないだろうか」

「不思議なねずみ穴の話でもよかろうかの」

小牧老人が口を開いた。

「その穴におむすびを入れると、唄が聞こえてくる。膝を抱えて転がっていくと、その穴に入れるというのじゃが」

「欲張りじいさんが何度も穴に入っていくのを繰り返す話だろう。それは前に聞いたぞ」

長者は顔をしかめた。

「何か別の話はないのか」

小牧老人は黙っている。奇譚に通じているというが、もう長者には知っている話をほとんど話してしまったのではないか。ならばここで……

「しからば、拙者が」

栗蔵は言った。

「別々の人物に、三回殺された男の話だ」

わらしべ長者も小牧老人も、興味深げな顔をしている。

三、

拙者が、中沢村の村役人の任に就いたのは二十年も前のこと。以来このあたりでは血なまぐさい事件などいっさい起こらなかったが、今年の四月、村内の古井戸から一体の男の死体があがった。真っ赤な羽織を身に着け、右目に古い切り傷、月代に大きなほくろがあった。羽織を脱がしてみると、背中に刀で斬り付けられた傷があった。

初めてのことで慌てたが、集落や辻に男の人相や体の特徴などを書いた高札を立て、情報を募った。するとすぐに、赤ん坊を背中におぶった女が役所に現れ、涙を流しながらこう告白した。

『高札の人相書きは、私の夫、行商人の八衛門でございます。殺したのは、私でございます』

おみねというその女が八衛門と知り合ったのは、その前の年の二月のことだそうだ。集落から離れた川沿いの小屋で一人、細々と暮らしていたが、ある日、怪我《けが》をした八衛門を介抱したことがきっかけとなり、夫婦になったとのことであった。

だがすぐに、おみねは八衛門に不満を持つようになった。八衛門はおみねに、『おれは行商人だ』と言っていた。商売のために月のほとんどは帰ってこず、やっと帰ってきたと思ったら酒に酔っていて乱暴をする。そのうち二人の間にはまつ坊という男の子が生まれたが、その態度は改まることなく、むしろひどくなっていった。商いが成功しているのか金は持っているようだが、酒を飲む金があったら少しでもこの暮らしぶりを楽にしてほしいと、おみねの不満は募っていった。

その日の朝、いつもどおり酔っぱらって帰ってきた八衛門は、おみねのみならず、まつ坊にも乱暴を働こうとした。慌てて止めたおみねに八衛門は、午後に人と会う約束があるから何か食ってひと眠りしたいと言い放った。毎度のことながら、急に帰ってきて勝手なことを言う夫に腹が立ったおみねはふと、八衛門の首に巻き付けられているものに気づいた。それは、八衛門が普段買わないような、綺麗な光沢の白い布だった。他の女との契りの証だとおみねは直感した。八衛門が自分以外の女と夜を過ごしていたという憤りに我を忘れ、おみねはぬか床に八衛門の顔を押し付け、息をできなくさせたという。

おみねは死体を運んで隠すべく、一ノ集落の知人の元へ大八車を借りにいったが、帰ってみると八衛門の死体は消えていたというのだ。

それがなぜ、おみねの家から離れた古井戸の中から見つかったのか。拙者の問いにおみねは、

『わかりませぬ』

と首を振るばかり。

不可解なことだなあと首を捻っておったところ、今度は老人とそれに連れられた若い娘が役所へやってきた。そして、娘のほうが私に向かって言ったのだ。

『高札の人相書きの男は山賊よ。やつを殺したのは、私』

椿というその娘は、隣村の豪農の一人娘。ともにやってきた壮平という老人は、使用人頭である。

聞けば二人は、剣が山の剣健稲荷神社にあるものを授かりに行った帰り、八衛門と名乗るその山賊に襲われたのだという。神社から授かったものを奪った八衛門の頭に、椿は背後より鉄の柄杓を打ち付け、ふらついたところを思い切り突き飛ばした。八衛門は壮平から奪ったものを手にしたまま、崖から落ちていった。崖下を流れる中沢川の河原に仰向けになった八衛門は、ぴくりとも動かなかったということじゃ。

明け方の山道で周囲は薄暗かったが、顔は間違いなく高札の人相書きのものであったと二人は口をそろえて言った。ではなぜ、村内の古井戸からその八衛門が見つかったのかということについては、おみね同様、わからないと首を横に振るばかりであった。

食い違う二つの証言に、拙者と他の役人たちはますます困惑した。すると今度は、原口源之助という侍がやってきた。原口はこう告白したのじゃ。

『高札の人相書きは八衛門という金貸し。拙者が八衛門を殺めたのである』

もともとはさる大名に仕官していたが、その大名家がふとしたことでお取り潰しとなり流浪《るろう》の身になったと、原口は自らの素性を語った。日々の暮らしに困窮した原口が出会ったのが、この八衛門という金貸しだった。

どんな商売をしているのか知らないが、傲慢《ごうまん》な男だった。馬を持つなど夢のまた夢という原口に見せびらかすように、年を取ってはいるが毛並みのいい馬を毎回連れてきては、大事そうになでながら話をするのだった。会うたびに八衛門への憎しみが増していった原口だったが、他に金を貸してくれる相手もおらず、借金はかさんでいく一方。そんな原口のもとに、かつて仕官をしていた時に大変世話になった家老が死んだという報せが舞い込んできた。

かつての家老は、お家お取り潰しの後は奥方と二人、ほとんど物乞いのような暮らしをしておったとのこと。せめて葬儀でもあげたいと奥方が泣いておったこともあり、原口は八衛門に葬儀代を借りることにし、いつも金の工面を頼む廃寺の裏手へ八衛門を呼び出した。

約束である未《ひつじ》の刻（午後二時）を少しすぎ、馬を連れて現れた八衛門は、金が欲しいのなら刀をよこせと言った。原口の持つ御茶摘守時貞は、天下に二本とない名刀。それだけはできぬと言い返すと、八衛門は原口を愚弄した。原口はついに堪忍袋の緒が切れ、傍らにあった地蔵を持ち上げ、八衛門の頭に打ち付けて殺したというのだ。

大変なことをしたと思った原口だが、家老の葬儀はあげねばならぬ。魔がさしたと原口は言っておったが、死体の傍らに立つ八衛門の馬を知り合いの馬喰に売り、その金で家老の葬式をあげようと考え、死体をそのままにして馬を引いていったのだ。

数日後、家老の葬式をあげて中沢村に戻ってきたところ、八衛門の人相書きが描かれた高札が立てられており、身元不明の他殺体ゆえ知っている者があれば役所まで名乗り出るようにとの添え書きがあった。自分が殺したのに間違いなかろうと思った原口は、一度は逃げることも考えたが、謹厳実直に生きよという生前の家老の言葉を思い出し、役所に申し出たのだ。だが例によって原口も、なぜ古井戸で八衛門の死体が見つかったのかは、わからぬとのことだった。

四、

「拙者は、おみねと椿と原口の三人を引き合わせてみたが、三人とも互いを知らぬと口をそろえて申した。これでますます頭を抱えてしまった」

ここまで話すと、栗蔵は猪口に手を伸ばし、酒を一口飲んだ。

「……聞いたこともない不思議な話だ」

わらしべ長者が言った。

「怪《あや》しい者が何人かいて、それぞれが『自分が殺したのではない』と主張するなら話はわかる。だが『自分が殺したのだ』という者が三人などとなると……」

「多重殺人、とでも言うべきでしょうかな」

小牧老人が後を継ぐ。

「死体は一つだが、下手人は三人。しかもお互いがお互いを知らぬ……しかし、不思議なのはそれだけではない。おみねの殺した八衛門は行商人、椿の殺した八衛門は山賊、原口源之助の殺した八衛門は金貸し。三人が三人、八衛門という男について違う素性を語っておる。八衛門という者が実際のところ何者だったのかすらわからん。『誰が殺したのか』という謎と『殺されたのは誰なのか』という謎が束になっておる」

栗蔵は小牧老人の姿をじっと見た。この老人、一度話を聞いただけで、栗蔵の話をよく理解した。さすが奇譚に通じているだけのことはある……と思っていたら、

「ああ、もう一つございますな」

小牧老人はまた、口を開いた。

「三人とも八衛門を殺したあと、死体をそのままにして離れておる。それがいつのまにか知らない古井戸から見つかった。『死体移動』という謎が、さっきの二つに加わりまする」

「謎だらけではないか。ううう。わからん！」

沈着な小牧老人とは対照的に、若い長者は頭を掻きむしる。栗蔵は長者に向き直った。

「拙者もかなり悩み、躍起になって聞き込みをした。すると配下の一人が、妙な話を聞いてきた。多重生活者という者がおるそうだ」

わらしべ長者の眉が歪《ゆが》んだ。栗蔵は続ける。

「なんだ、それは」

「一人の人間が多くの顔を使い分けて生活することで、はるか遠くの国ではそういう趣味を持つ殿様がおるとのこと。わざわざ職人に化けたり、渡世人に化けたり、物乞いに化けたりと」

あごに手をやり、わらしべ長者は少し考えていたが、

「ははあ、聞いたことがあるような気もする」

「八衛門はこの多重生活者だったのではないかとその者は言うのだ。あるときは行商人、あるときは山賊、そしてあるときは強欲な金貸し」

「考えられぬことではないな。しかしそうだったとしても、別の三人の人間に八衛門が殺されたという謎は解けまい」

「さよう。ところがその線で調べを続けているうち、八衛門をめぐって何が起こったのか、すべてがつながったのだ。椿たちが語ったある話がきっかけとなってな」

「ある話とは」

「それは」と、栗蔵が話を継ごうとしたそのときだった。

「剣健布の話でしょう」

小牧老人が遮るように言った。栗蔵は驚いた。

「どうして、その布の名を？」

「ふふ。わしは、奇譚集めを趣味とする者ですぞ。剣が山の剣健稲荷神社といえば、剣健布のことを抜きに語れはしません」

楽しそうに猪口を口に運ぶその不思議な老人に、

「なんじゃその、けんけんぷというのは」

わらしべ長者がせっつくように訊ねる。

「剣健稲荷にて毎年作られる不思議な布ですな。この布には不思議な力があって、死んだばかりの生き物にしばらく触れさせると、その生き物が元気によみがえるのです」

「死んだばかりの生き物が……？　元気によみがえる……？」

「わしのいとこはかつて犬を飼っておりましたが、その犬が病気で倒れてしもうたのです」

小牧老人は続けた。

「人づてに剣健布の話を聞き知っていたいとこは、剣健稲荷に行ってその布を買って帰った。そして、犬が息絶えたその直後に、布で包んだ。するとしばらくしてわんわんと元気に吠えたというのです」

「そんなことが……いや小牧、それは十分な奇譚じゃないか。その話をなぜ今までしなかったんだ」

「申し訳ないことで。たくさん奇譚を集めていると、忘れているものもありましてな」

小牧老人は一口酒を飲む。そして、

「長者ろう」

妙なことを口走った。なんだ？　と思う栗蔵の前で、小牧老人は照れ笑いを見せた。

「失礼。酔いが回って舌がもつれたようじゃ。長者殿、お詫びと言ってはなんだが、わしに、このお役人のたどり着いた真相とやらを当てさせてはもらえまいか」

「えっ？」

突然の申し出に、栗蔵は再び驚かされた。

「おれはかまわぬが、山野殿はどうじゃ」

「え、ええ……」

栗蔵はこの不思議な老人の持つ雰囲気にのまれ、話を乗っ取られてしまった。

五、

「おみね、椿、原口。三人は皆、本当のことを言うておるのでしょう。三人が三人とも、八衛門を殺したのじゃ」

小牧老人はまずそう言うと、「お役人」と、栗蔵のほうを見た。

「椿の証言によれば、八衛門は『壮平から奪ったものを手にしたまま、崖から落ちていった』とのこと。この『奪ったもの』とはつまり、剣健布と考えて間違いないでしょうな」

「そのとおりだ」栗蔵は答えた。

「剣健布は八衛門の腹の上にでも載っていたのでしょう。二人が崖下を覗いたとき、八衛門は間違いなく死んでおったが、腹の上に剣健布があったおかげで、二人が立ち去ってしばらくしたあと、元気によみがえったのです」

「まさか」

わらしべ長者は驚くが、栗蔵は何も言わなかった。小牧の言うことは、栗蔵の推理と一致していたからだ。

「しかし、それならなぜ、八衛門は二人を追いかけなかったのだ?」

「むろん一度はそれも考えたでしょうが、目が覚めたときに二人はもうおらんかったし、崖の下でしたからな。いくら元気になったとはいえ、崖を上るのは至難の業。それよりもそのまま川沿いを歩き、川下にあるおみねの家を目指すほうがいいと考えた。そのときふと、腹の上にあった美しい布に気づいた。途中で川に入ることでもあれば、濡れた体を拭《ふ》くのに役立つのだろうとでも思い、首に巻いてわが家を目指したのでしょう」

小牧老人は自分の言ったことにうなずき、先を続ける。

「おみねのいるわが家へたどり着いた八衛門は、乱暴な行商人になりまする。そしておみねは気づいたのです。八衛門の首に、見覚えのない綺麗な布が巻かれていることに」

「なんと」わらしべ長者が思わずといったように漏らす。「おみねが『他の女との契りの証』だと思った布は、その、剣健布という不思議な布だったのか」

小牧はうなずいた。

「勘違いしたおみねは、嫉妬に駆られて八衛門の顔をぬか床に押し付けて殺した。ところが、このときもやはり、八衛門の首には剣健布が巻かれておりましたからな、おみねが赤子を背負って出ていったあとしばらくして、八衛門は生き返ったのです」

「そのあとは?」

わらしべ長者が先を促した。

「ふむ。八衛門はおみねに『午後に人と会う約束がある』と言っていたのでしたな、お役人」

「さよう」

小牧老人の鋭さに恐れすらおぼえながら、栗蔵は答えた。

「それは原口源之助という侍との待ち合わせだったのでしょうな。おみねの家で生き返ったあとにそれを思い出した八衛門は、一度別に持っている家へ戻り、原口に見せびらかすための馬を連れて、廃寺へ向かったのです」

「そこで、源之助を愚弄し、三度《みたび》殺されたというのか」

「さよう。じゃが首にはまだ例の剣健布が巻かれております。源之助が馬とともに去ったあと、八衛門はまた生き返ったのでしょう」

ここまで言うと、小牧老人はゆっくりと栗蔵のほうに顔を向けた。

「いかがですかな、お役人」

「……うむ」

栗蔵は言った。正直なところ、驚いていた。しかし、これで一つ、話をする手間が省けたというものだった。

「拙者のたどり着いた答えと同じである」

「ほほう」

わらしべ長者は嬉しそうに手を叩いた。

「見事なもんだ、小牧。三度殺され、三度生き返った多重生活者。こんなに奇怪な話は聞いたことがない。いやあ、今宵は楽しい話を聞かせてもらった。この話はわが書の冒頭の一話にしようぞ」

わらしべ長者が早口になっているのに、栗蔵は気づいた。やはりだ。ここで話を終わらせたいものと見える。焦っている証拠だった。

「さあ、そろそろ夜も更《ふ》けてまいった。そろそろお開きにしよう。玄関まで送るぞ、山野殿」

「待たれよ」

栗蔵は言った。腰を上げた状態で、長者の動きがぴたりと止まる。

「まだ話は終わっておらぬ。むしろ、ここからが本題」

「本題？」

「さよう。八衛門は三度殺され三度生き返った。だが四度目に本当に殺され、息絶えたのだ。四度目の、まことの下手人を明らかにせねばならん。考えてみれば、死体の背には刀で斬られた傷があった。おみね、椿、原口、三人の中に八衛門を斬ったと証言した者は一人もいない」

「もうよい」長者は笑う。「奇譚は十分じゃ」

「奇譚ではない。はっきり申そう。拙者は今宵ここに、八衛門殺しの下手人を捕縛しにまいったのだ」

栗蔵は長者を睨み付ける。わらしべ長者の額に、脂汗が浮かんでいる。

六、

ふ、ふ、ふふふ……。

二人の間に張り詰める緊張を緩めるように、小牧老人が笑い出した。

「これは興味深い。よいではありませんか長者殿。この小牧、お役人の話を聞きとうございまする」

この聡明な老人は味方だ。栗蔵はとっさに判断する。

「勝手なことを言うな小牧。ここはおれの屋敷だ」

「まずは八衛門の正体からだ」

勇気づけられるように、栗蔵は声を張り上げた。長者はその殺気を感じてか、腰を下ろし、不機嫌そうに酒をあおる。

「金貸しをしたり、馬を持っていたりと、裕福なのは間違いなかろう。多重生活を送れるほど暇を持て余しており、外に顔を知られずにいる。この界隈《かいわい》でそんなことができる者といえば、一人しか思い当たらぬ」

「菜種屋庄兵衛ですかな」

小牧老人が言う。栗蔵はうなずいた。

「まさか！　小牧。お主まで何を……」

長者は明らかに我を失いつつあった。

「庄兵衛は痩せた男じゃった」小牧老人はすっかり、栗蔵を補佐するような口調だ。

「しかし、三年前に事業を他人の手に渡し、財を持ちてこの屋敷にこもり、以来、顔を見た者はおらん。この三年の間に太り、その姿がすっかり変わっていたとしたらどうじゃろうの」

「拙者もそう考えた。『油』と書かれた頭巾を常にかぶっていた庄兵衛の月代にほくろがあることを誰も知らなかった。目の傷は、隠居してからつけられたものだ。庄兵衛は屋敷にこもる生活に飽き、多重生活をはじめたのであろう」

「二人とも、もうやめよ」

「廃寺で原口に殺され、生き返った八衛門――菜種屋庄兵衛は、この屋敷に戻ってきた。そして馬を引いたお主が家の前を通りかかるのに出会ったのだ。『なんだかおれも、こんな馬を持っていたような気がする』。そう庄兵衛が言っていたと、お主自身も言っていただろう。それはそうだ。もともと、自分の馬なのだからな」

「やめよ」

「そもそも人嫌いの庄兵衛であったが、馬が気になってお主を屋敷に招き入れた。観音様のお告げによって、とんとん拍子に価値あるものに交換できていたお主は気が大きくなっており、馬と屋敷を交換しようと申し出た。庄兵衛はそれを断り、逆上したお主は……」

「やめよと言うのに！」

わらしべ長者は顔を真っ赤にして立ち上がった。

「死体が古井戸で見つかったのは四月のことだろ。庄兵衛どんが死んだのは秋だ」

「そのあいだ、庄兵衛の姿を見た者はおらぬ」静かに、栗蔵は言い返す。「いくら屋敷にこもっていたとしても、元の商売の経営者とは顔を合わす機会があったろうと配下の者に調べさせたが、四月から秋の葬式までのあいだ、菜種屋庄兵衛に会った者は誰もいなかった。菜種屋庄兵衛は四月に殺され、同時に屋敷を乗っ取った下手人は、秋まで庄兵衛が生きているように見せかけていたのではないか」

「何を馬鹿なことを」長者は焦りながらも言い返す。「元の経営者と顔を合せなかっただと？　隠居っていうのはそういうもんだろうが」

たしかにそう言われては返す言葉がない。しかしここで引き下がるわけには……と思っていたら、

「のう、長者殿」

小牧が口を開いた。

「わしは初めてこの部屋に通されたときから、ずっと気になっておるものがありますので」

その目は床の間を見ていた。黄金の刺繍の施された柄《つか》を持った、三尺ばかりの太刀が飾られている。

「あの柄に、八衛門の血でも残っていたら、どういうことになるか」

「なにを……」

わらしべ長者の言葉が終わらぬうちに小牧老人は立ち上がり、床の間へと向かうと、太刀をつかんだ。

「見たところ柄には、汚れのようなものはありませぬ。じゃが人を斬った刃には血の脂が付くと申す。抜いてみればわかるやもしれませぬのう」

「やめろっ」

飛びつこうとするわらしべ長者の足を、とっさに栗蔵はつかんだ。どてんと長者が倒れ、膳がひっくり返る。

「ご老人、太刀を抜いてくれ！」

栗蔵は叫ぶ。小牧老人は鞘《さや》から太刀を抜いた。

「……こ、これは」

栗蔵は目を丸くした。

現れた太刀は――ぼろぼろに錆《さ》びていた。

「……は」

呆然《ぼうぜん》とする栗蔵の前で、突っ伏しているわらしべ長者が声を漏らした。

「は、はははは」

畳をばんばん叩いて笑っている。続いて、錆びた太刀を握った小牧老人も笑い出す。

栗蔵は長者の足から手を離した。

「面目《めんぼく》ない。手入れが苦手で、こんな状態じゃ」

「こりゃ、一年そこらの怠慢《たいまん》ではないですわい。今年の春、これで人を斬れたとは到底思えぬ」

小牧老人は言いながら、太刀を鞘に戻す。

「お役人の話が面白いので、つい私も調子に乗ってしもうた。悪い癖じゃ」

「……お主ではないというのか」

「冗談じゃない」

わらしべ長者は身を起こす。

「それなら、八衛門とは何者で、いったい誰が……」

「知らぬ。だが、三度死んで三度生き返った謎は解けたではないか」

「実際に殺したのは、どこぞの辻斬りでしょう。真実などそんなものですじゃ」

小牧老人が刀掛けに太刀を置いた。

「しかし……」

「やあ、楽しかった。すっかり長居してしまった。そろそろ帰るとしましょうかの」

と立ち上がった老人はよろけた。

「小牧。お主は飲みすぎだ。今晩は泊まっていけ。お役人様もそうなさるか」

「いや、私は明日も朝から務めがあるので」

「そうか、じゃあ、玄関まで送ろう」

当てが外れ、気力が失せたまま、栗蔵は立ち上がる。

七、

広間のふすまが閉められ、わらしべ長者と栗蔵の足音が去っていく。それが聞こえなくなってから、小牧老人――半太は徳利を手にして、猪口に酒を注ぎ足した。

「あぶない、あぶない」

独り言《ご》ちながら、酒を口に含む。

酒の味を転がしながら半太は、あの運命の日のことを思い出していた。

六十をすぎてもちっとも楽にならん暮らし。妻もなく、頼れる親戚も友人もおらん。残りのわずかな人生に希望などもてなかった。あの朝、お堂で死のうと考えたのは本当だった。観音様からお告げを受けたときも、弱った足腰でどれだけ西へ行けばいいのかと、はじめはうんざりしたのだった。

だが西へ進むうち、わらしべがみかんへ、みかんが美しい布へとよりよいものに交換されていく様が愉快になっていった。馬を手に入れたときには、さすがに舞い上がりそうになった。

ところがその馬が元気になり、手綱を取ろうとしたところで後悔した。馬に慣れない年寄りが、こんな元気な馬を扱えるはずがなかった。

「おおい、誰か、助けてくれえい!」

引きずられそうになりながら声を上げると、突然道端から飛び出してきた男が手綱を力強く引いた。

「どうどう、どうどう!」

馬はすぐに大人しくなった。礼を言いながらその顔を見て、思わず叫びそうになった。

「じいさん。あんた、今日、だいぶ運がいいな」

鼻の下をこすりながら笑うその男は、朝、お堂を出たところでけつまずいた、あの貧乏侍だったのである。

長次郎とあらためて名乗ったその貧乏侍は、何か面白いことがありそうだと、一日中半太のあとをつけていたのだ。当然、わらしべが馬に化けるところまでを見ていたと言った。

「それなら話が早い。このような元気な馬、おれには扱えぬ。何かと交換してくれ」

半太が頼むと、長次郎は半太に手綱を渡し、両手を頭の後ろに回して笑った。

「おれには、馬に見合う価値のあるものなんざ、ありゃしねえ。だが、おれには生まれつき、ずる賢《がしこ》い才能がある。じいさんのその話を利用して、金目のものをたんまり得る計画がもう、この頭の中にあるさ。どうだい、おれの計画と、馬を交換するというのは」

胡散《うさん》臭い話だったが「交換」という言葉に半太は魅かれた。その日、観音様のお告げ通り、交換できる機会になんでも交換し、ここまでやってきた。半太は長次郎の申し出に乗ることにした。

長次郎に連れられてやってきたのは、黒い屋根瓦の立派な家だった。

「良い馬をご覧にいれたく存じます。どなたか、いらっしゃいますか」

長次郎の呼びかけに出てきた庄兵衛はなぜか額に傷を負っており、馬を見るなり「これは俺の馬だ。さっき盗まれたものだ」と言い出した。半太はその言葉に意外そうな顔をしたが、すぐに調子を合わせた。

「そうだろうと思って取り返して参りました。ですが我ら、泊まるところがございませぬ。よろしければ泊めてくれませぬでしょうか」

「わしは人を屋敷には入れんのだ」

「それならこうするしかございませぬ」

長次郎は庄兵衛を屋敷の中に突き倒し、驚く半太をぐいっと引き入れて戸を閉めた。

「やめろ。助けてくれっ」

奥へ逃げようと庄兵衛が背を向けると、長次郎は刀を抜いて斬り付けたのだ。

「ぎゃあっ」

庄兵衛は血しぶきをあげて倒れ、すぐに絶命した。

「な、何をするんだ……」

「こいつはこの屋敷から外に出ないことで有名な長者だ。いいか。あんたは今までのわらしべの話を吹聴して、最後に庄兵衛から屋敷をもらったことにすればいいんだ」

「だ、だが、長者の死体はどうするんじゃ」

「こいつの最近の顔なんて誰も知らない。羽織でも着せて、どこかの古井戸にでも捨てておけばいいさ。しかしすぐに長者になったら怪しまれるかもしれんな。半年くらいはこいつが生きていたことにしておいて、そのあと葬式でも開けばあんたは晴れて長者どんだ」

そんな大それたことはできぬと半太がおじけづくと、長次郎は笑った。

「ならば、わらしべで長者になったのは表向き、おれということにしよう。あんたは下働きのじじいか、居候《いそうろう》ということにすればいい。この屋敷で何不自由なく暮らせるのに変わりはないんだからな」

「し、しかし……」

「あんたの身分と俺の身分を、交換するのさ」

長次郎はまるで、半太が授かったお告げを知っているかのように言って、にやりと笑った。

古井戸に捨てた庄兵衛の死体は案の定、身元不明で高札が立った。そのまま処理されるかと思いきや、なぜか八衛門という名が浮かび、村役人が混乱しているという噂が入ってきた。混乱しているのならいいと、そのまま二人は秋までこの屋敷で暮らした。食べ物は十分あった。秋になって庄兵衛の事業を引き継いだ者を集め、庄兵衛がつい最近死んだように見せかけた。皆はころりと騙《だま》された。

万事うまくいったはずだった。しかし最近になって、この暮らしに影が差すような出来事が起こりはじめた。

村役人の山野栗蔵とその配下の者が、庄兵衛が譲った店の者に聞き込みをかけているというのだ。長次郎は独自に調べ、庄兵衛は八衛門という名で多重生活を送っており、下手人が三人現れるという複雑な状況にあることを知った。さらに剣健布の存在から真相を見抜いた山野栗蔵が、屋敷に現れるのも時間の問題であろうと踏んだ。

どうするのだと焦る半太に、長次郎は「心配するな」といつもの笑みを浮かべ、どこかで手に入れてきたぼろぼろの太刀を見せた。

「先手を打てばいいのさ」

わらしべ長者は奇譚を楽しむ宴を開いている。山野の耳に届くようにそんな噂を流すと、すぐに山野は食いついてきた。

今宵、宴に現れた山野は長次郎の目論見《もくろみ》通り、事件の話をはじめた。知人で知恵袋の老人を装った半太が、その話を聞いただけで真相に気づいたように装い、先回りして推理する。そして、我が意を得たりと山野がいよいよ告発をはじめようとするところで、床の間の太刀が凶器であることをそれとなく示す。

「――とそこで、ぼろぼろの太刀が現れれば、推理が当たっていることに高揚している山野は一気に奈落の底に叩き落される。二度と、おれに疑いを向けることはなくなるさ」

猪口を膳の上に置きながら、半太は長次郎のずる賢い笑顔を思い出した。

いよいよ先回りの推理を披露、という段になって、半太は油断してしまった。わらしべ長者を装う長次郎に向かい、いつも通り「長次郎」と声をかけてしまったのだ。

栗蔵が不審がる前で、長次郎の眉がぴくりと動いた。なんとか酒のせいにしてごまかしたが、あれは本当に心の臓が飛び出るかと思うほどだった。

それから先は計画通りだった。今宵のことは成功したと言っていいだろう。達成感と疲労感を抱え、半太は畳の上に大の字になって大きな天井を見上げる。

立派な屋敷。短い生い先を過ごすには十分すぎる財。これもすべて、観音様のお告げどおり、交換できる機会になんでも交換してきたおかげじゃ。

めでたし、めでたし。

真相・猿蟹合戦

【狸《たぬき》の茶太郎《ちゃたろう》が人間の長兵衛《ちょうべえ》から聞いた話】

この立林《たてばやし》の里から五里ばかり山ん中を行くと、赤尻平《あかじりだいら》ちゅう開けた場所があるらしい。山道があるわけでもなし、人間はまったく足を踏み入れんそこでは、動物たちがのびのびと暮らしておるんだと。

これは今から十年前、その赤尻平で起きたことだそうな。

そこに一匹の蟹《かに》が住んどった。蟹はある日、道でにぎり飯を拾った。さっそく食べようとしたところ、「おい蟹どん」と声をかけてくる者があった。

南天丸《なんてんまる》ちゅう名の、乱暴者でいたずら好きな猿だった。南天丸は言うた。

「おらにそのにぎり飯をくれんか。代わりにこの柿の種をやろう。考えてもみい。にぎり飯は食ってしまえばそれで終わりじゃが、柿の種はいずれ育って木になり、うまい実を毎年実らせる。長い目で見れば柿の種のほうが得じゃ」

言いくるめられた蟹はにぎり飯と交換した柿の種を植え、水をやり肥料をやり、一生懸命世話をしたんだと。やがて秋がきて成長した柿の木に実がたわわに実った。ところが蟹は木登りができん。そこへまたあの南天丸が現れた。

「そういうことならわしが取ってやる」

南天丸はすいすいと木に登っていき、蟹には見向きもせずに、熟した柿を取っては次から次へとむしゃむしゃ食べた。蟹はそれが面白くない。

「おうい南天丸どん。私が育てた柿だで、私にも取ってくれ」

南天丸は怒った。

「うるさい。そんなに柿が欲しけりゃ、こいつでもくらえ」

まだ青くて固い柿の実を、南天丸は蟹めがけて投げ付けたんだと。柿が命中して甲羅《こうら》が割れた蟹は、そのまま死んでしもうた。

さて、この蟹には昔ながらの友がおったそうな。栗《くり》、蜂《はち》、臼《うす》、そして牛の糞。友達の命を奪った南天丸に対して怒り狂った彼らは復讐を誓い、いちばん頭の良い牛の糞が南天丸をこらしめる計画を立てたんだと。

南天丸には栃丸《とちまる》ちゅう息子がおったが、その栃丸が隣の山にまつたけを採りに行っているあいだに、計画は実行された。南天丸が少し留守にしておるあいだに、蟹の友らは家の中に入った。栗は囲炉裏《いろり》の灰の中に、蜂は台所の水甕《みずがめ》の中に、牛の糞は出入り口のそばに、そして臼は玄関の庇《ひさし》の上に隠れたんだと。

やがて南天丸が帰ってきた。寒い日のことだったで、すぐに囲炉裏に火をおこした。

すると隠れておった栗がぱちんとはじけ、南天丸の顔に直撃した。熱くてたまらん南天丸は、水でそれを冷やそうと水甕の蓋《ふた》を開けた。すると蜂が出てきて南天丸の手の指に針を突き立てた。

南天丸の家のそばには、万病に効く薬草が生《は》えとった。南天丸はそれを採ろうと出入り口から飛び出したが、そこには牛の糞が座っていたんだな。牛の糞に足を滑らせてすってんころりん。仰向けに転んだ南天丸めがけ、庇の上からどすーんと臼が落ちてきた。ぐきりと嫌な音がして、臼の下から血がにじみ出てきた。臼がその重い尻をあげると、南天丸はもう白目をむき、舌をだらりとさせて動かなくなっておった。まるで自分が殺した蟹のように潰されて、死んでしもうたんだ。

……よいな茶太郎。悪さをすると必ず自分に戻ってくるんだぞ。他の者には優しくすべきなんだ。これは人間でも動物でも変わらんのだぞ。

一、

茶太郎は、立林の毛林寺というお寺の縁の下に住まわせてもらっている。興行師の長兵衛さんは一緒に住んでいいと言うが、狸なんかが人間の家に上がり込んじゃ悪いだろうと遠慮していた。茶太郎なりの、礼儀の気持ちからだった。

そんな茶太郎のもとを一匹の猿が訪ねてきたのは、今朝のことだ。

「おれ、赤尻平からきた栃丸って猿だ」

長兵衛さんから聞いた『猿蟹合戦』で殺された南天丸という猿の息子……ただの昔話だと思っていたのに、栃丸や赤尻平が実在することにまず驚いた。だが、本当の驚きはそのあとだった。

「おめえ、うさぎに兄貴を殺された茶太郎だろ。そのうさぎ、おれが殺してやるべ」

そして栃丸は茶太郎に、自らの計画を話したのだった。初めは唖然《あぜん》として聞いていた茶太郎だが、次第に栃丸の話に引き込まれていった。

「どうだ、おれの計画に乗るか」

「あ、ああ……」

自信に満ちたその顔に、引っ張られるように茶太郎が言うと、

「じゃ、今からちょっくらついてきてくれるか」

「どこへ」

「赤尻平だべ」

今日は長兵衛さんの見世物は休みだ。茶太郎は縁の下を抜け出し、栃丸とともに山の中を五里ばかり進んだ。こんなところに集落などあるものかというほどの藪《やぶ》の中を歩いてきたため、突然目の前に人間が作ったと見まごうほどの家々や畑が現れたときには、

夢を見ているんじゃないかと思ったほどだった。

「ここからは猿に化けて、人間みてえに二本足で歩いてくれっか？」

いよいよ赤尻平に入るというときになって、栃丸は言った。

「どうしてさ？」

「猿と狸が仲良う歩いていると、おかしいと思うやつがいるべ。赤尻平の猿は二本足で歩くから、怪《あや》しまれねえように」

茶太郎は言われるままに猿に化け、栃丸のあとをついていく。

それにしても、二本の足で歩くのはどこか不自然だ。狸の化け術はあくまで形をまねるだけで、鳥やこうもりに化けたところで空を飛べるわけでもないし、魚に化けたところで長く水に潜れるわけでもない。茶太郎は人間の前で芸をする手前、後ろ足二本で立って歩くのは他の狸よりは得意だが、こう長いこと歩くのは初めてだった。そもそも、動物が仲良く暮らしている場所なら狸の姿のままでもいいのではないか――そんなことを思っていると、前から一匹の年をとった猿がやってきた。

「おうい、栃丸」

年寄り猿は栃丸に話しかけた。

「おう」

「おめえ、今日はどてどて山に山桃を採りに行くんじゃなかったか」

「予定が変わったのよ」

「そうか……ん、そいつは誰だ。見慣れねえ顔だな」

「二つ向こうの山に住んどる親戚だべ」

年寄り猿は茶太郎をじろじろ見ていたが、また栃丸に目を向けた。

「そろってどこに行くんだ」

「こいつに、昔住んでいた家を案内してやるんだべ」

「えっ。あんなことがあった家に、よく行けるだな」

「十年も前のことだべ」

「ほうか。じゃあな」

去りゆく年寄り猿の後姿が小さくなったところで、栃丸は茶太郎に微笑んだ。

「おめえの化け術は大したもんだ、茶太郎どん。全然ばれてねえ」

やがて二人の前に、一軒の平屋が見えてきた。出入り口の引き戸の前まで来ると栃丸は茶太郎を振り返り、戸のすぐ下を指さした。

「ここが、おやじが殺された場所だ」

臼に潰されて血まみれになった猿の死体を想像し、茶太郎は身震いをした。

栃丸は引き戸をがらりと開けた。中央にりっぱな囲炉裏のある、広間が現れた。

「上がってくれ。あ、ところで猿のままの姿でいてくれるか。誰がいつ入ってくるかわからんからな」

茶太郎はうなずき、栃丸の示した囲炉裏のそばであぐらをかく。短いしっぽが座るのに邪魔だ。

栃丸は茶太郎の真向かいに座ると、置いてあった火打ち石で火種を作り、杉の皮や小枝をくべて竹筒でそっと息を吹きかけた。その火おこしの手つきは、茶太郎が世話になっている寺の和尚に比べても、まったく遜色のないものだった。

火がつくと、栃丸は周囲を見回した。

「家ん中は、おやじが殺されたときそのままにしてあるべ」

ということは、目の前の囲炉裏で栗がはじけ飛んだということだ。

凄惨《せいさん》な事件を思い描き、茶太郎はまた背筋が寒くなる。それにしてもこの猿は、自分の父親が殺された現場で、よくもこう落ち着いていられるものだ。

「栃丸どん」

茶太郎は言った。

「歩きながら考えたんだが、その……さっきの話、やっぱり、おらのほうの負担が大きいんじゃないかと思うんだ」

「そうだべか？」

「おらが殺してほしい相手は一匹。栃丸どんは栗と蜂と臼と牛の糞を殺せっていうんだろう？」

栃丸はこれを聞いて、賢《かしこ》そうに微笑んだ。

「そもそも茶太郎どんは、この家で起きた話をどこで聞いたべ？」

「世話になってる長兵衛さんっていう人間が話してくれたんだ。里のみんなが噂《うわさ》してい
るのと、ほぼ同じ話だ」

「その話ってのを、聞かせてみろ」

栃丸に促され、茶太郎は思い出し思い出し、長兵衛さんから聞いた話を話した。

「――やっぱり勘違いしてんだべな」

茶太郎の話が終わると、栃丸はそう言った。

「勘違い？」

「安心してくれ茶太郎どん。おれの殺してほしい相手も一匹だ。そのことを話したくて、
わざわざ赤尻平のこの家まで連れてきたんだべ」

「一匹っていうことは、蜂かい？　それとも……」

「それを茶太郎どんに当ててもらいたいんだべ」

「当てる？」

茶太郎は目をしばたたかせた。

「どういうことだい、栃丸どん」

「たしかにおれは今回の計画を、茶太郎どんに持ち掛けた。その化け術は申し分ねえが、おめえのことを完全に認めたわけじゃねえんだべ。おめえに知恵があるかどうか、試してみてえ」

にわかに挑戦的なことを言い出した栃丸に、茶太郎は不信感を抱いた。

「そんな顔するな。とにかく茶太郎どんの情報が少なすぎる。おれの話を聞いてからでも遅くねえべ。本当の『猿蟹合戦』をよ」

「本当の、猿蟹合戦？」

茶太郎の心の中で不信感は増幅しているが、その言葉には興味があった。というのも、長兵衛さんの話を聞いたときから、おかしいと思っていることがいくつかあったからだった。

「こいつでも食べながら、ゆっくり話そうや」

栃丸は腰に下げていた袋から何かを取り出すと、茶太郎に放ってよこした。茶太郎は両手でそれをがっしりと受け止める。

よく熟《う》れた、柿だった。

「まずは、ぶな蔵《ぞう》のことから話すとするべ――」

知らない名前を口にしつつ、栃丸はゆっくりと柿の皮をむきはじめた。

二、

まずは、ぶな蔵のことから話すとするべ。

ぶな蔵は、ガキの頃から人間の作る道具に興味があった猿でな。あるとき、人間の里から鉄砲ちゅうもんを盗み出してきた。

……そう。あの、筒の中に鉄の玉を込めてぶっ放す恐ろしい道具だ。ぶな蔵は、鉄砲には火薬ちゅうもんが使われとることを知って、自分でも作ってみるべと思ったんだな。炭の粉と、硫黄《いおう》っちゅう黄色い粉はこの赤尻平の周りでも取れるもんだ。他に硝石《しょうせき》っていう白い粉が必要だったが、魚のはらわたに灰を混ぜてしばらく置くと、それができることをぶな蔵は突き止めた。

もともと猿は、人間より手先は器用なんだ。やり方さえわかりゃ、人間と同じものは作れる。ぶな蔵は赤尻平でいちばんの火薬名人になって、邪魔な岩をぶっ壊したり、夜空に火花を散らして楽しませたりと、役に立つようになったんだ。もっとも、自分の作った火薬を愛《め》ですぎて、飯に混ぜて「うめえうめえ」って食っちまうくらい変な癖があったそうだがな。

そんなぶな蔵も年頃になって、藍林《あいりん》というめす猿をめとることになった。毛並みの綺麗な、赤尻平でも評判だった猿だ。みんなに必要とされるうえに、かわいい嫁さんももらえて、ぶな蔵は幸せだったべな。

ところがある日突然、ぶな蔵のもとに、赤尻平の権力者、猩々翁《しょうじょうおう》の手下どもがやってきてぶな蔵を引っ張っていったんだべ。その前の夜、猩々翁の手下の一匹が足に大怪我《おおけが》を負ったんだ。そいつは猿酒を飲んで酔って歩いていたんだが、雷みてえな音がしたと思ったら、後ろ足が砕けるように痛くて倒れちまったんだと。足を鉄砲で撃ち抜かれたんだな。で、赤尻平で鉄砲を持っているのはぶな蔵しかいない。

ぶな蔵は、「おれじゃねえ」と言い張ったが、猩々翁は信じんかった。ぶな蔵はさんざん痛めつけられたうえ、赤尻平のはずれの粗末な小屋に二年も閉じ込められたんだ。もちろん藍林と夫婦《めおと》になる話は反故《ほご》になったんだべな。

＊

「……まあ、これは十二年くらい前、おやじが生きている頃の話だべな」

話を締めくくると栃丸は、じゅるりと音を立てて柿にかぶりついた。陰惨な話にしばし沈黙していた茶太郎は、やがて口を開いた。

「それが、南天丸どんと何か関係あるのかな?」

「当然だ。猩々翁の手下を撃ったんだから」

「えっ？」茶太郎は息が止まりそうになった。「南天丸どんが？」

ことともなげに栃丸はうなずいた。

「あの夜、こっそりぶな蔵の家に忍び込んで鉄砲を盗んだんだべな。ほいで物陰に隠れて、猩々翁の手下の足めがけて撃った。すぐにまた鉄砲をぶな蔵の家に戻しておけば、ぶな蔵が疑われるのは当たり前だ」

「いったいどうして南天丸どんは、そんなことを？」

「妬《ねた》んだんだべ。年が近いのに、他の誰もまねできない特技があって、綺麗な嫁さんまで手に入れようとしているぶな蔵のことをよ。無理もねえ。蓮華《れんげ》っていう自分の女房は、可愛らしい名前に反して、ぼてっとした体つきでお世辞にも美しいなんて言えねえし、水嫌いで風呂にも入らなくて臭えしな」

鼻をつまむしぐさをして、栃丸は笑った。自分の母親のことをよくそんなふうに言えるものだと呆《あき》れつつも、栃丸の真意を、茶太郎は少し理解した気がした。

「南天丸どんに陥れられたことを、ぶな蔵は知った。そして復讐しようと考えた。……いうことだね？　そして栃丸どんは、栗、蜂、臼、牛の糞のほかに、ぶな蔵も加わっていたということだね？　そして栃丸どんは、そのぶな蔵を一番恨んでいる……」

「おっとっと。そう先を急ぐでねえ」

栃丸は手をひらひらさせた。

「まだまだこの段階でおれが殺してほしい相手なんてわかるはずがねえ。おめえは本当の猿蟹合戦の、まだ上《うわ》っ面《つら》しか見えてねえんだ」

どういう意味だろうといぶかる茶太郎の前で、栃丸は新しい柿を手に取り、皮をむきはじめる。

「次は、岩兵《いわへい》のことを話すべ――」

三、

次は、岩兵のことを話すべ。

名は体を表すというか、岩みたいにでけえ猿だった。赤尻平では冬になると、力自慢が集まって相撲《すもう》をするんだが、岩兵に勝てる猿なんていなかったんだべ。力が強けりゃ、もてるべな。めすの猿どもにきゃあきゃあ騒がれて、岩兵は得意になっていたんだ。

とにかく南天丸という猿は、自分以外の猿がもてはやされるのが嫌いでよ、岩兵に意地悪してやろうと考えたんだべな。その年の冬の相撲大会の日、朝顔の種を砕いて餅《もち》に混ぜ、岩兵のところへ持っていった。岩兵は、相撲大会の日は朝から好物の餅をたくさん食ってゲン担ぎをしていたもんで、「これで今年も横綱だ」と喜んで、すっかり平らげちまった。

茶太郎どんも知っとるべ。朝顔の種ってのは腹を下す薬だ。しかもその効き目は遅れてあらわれる。土俵に上がって強敵と組み合ってるまさにそのとき、岩兵の腹を痛みが襲ったんだ。力が全く入らなくなった岩兵は、自分より一回りも小さいその相手に、簡単に投げ飛ばされちまったばかりか、厠《かわや》に間に合わなくて土俵を汚しちまったんだべ。

＊

「——神聖な土俵を汚して台無しにしたってことで、岩兵は二度と相撲をとらせてもらえなくなった」

「南天丸どんの仕業だということは知ったのかな」

「当然だべ」

柿の汁を口からしたたらせながら栃丸は答えた。

「生きがいだった相撲を取られて、岩兵は殺意を抱くほど怒り狂ったべな」

「……でも、実際に南天丸どんを殺したのは、栗と蜂と臼と牛の糞なんだろ？　それとも岩兵どんも一味に加わっていたのかい？」

栃丸は、食いかけの柿から茶太郎の顔へ視線を移す。そして、はぁーあ、とため息をついた。

「茶太郎どんにはがっかりだな」

「どういう意味だ？」

「……もうええ。やっぱり復讐は別のやつに頼むべ」

「そ、そんな、待ってくれ」

茶太郎は焦った。

「もう少し考えさせてくれよ」

「どうしてもおらの計画に乗りてえっていうんだな」

「ああ、そりゃもちろん。おらだって、兄貴の恨みを晴らしてえ」

茶太郎の脳裏に、兄の茶々丸《ちゃちゃまる》の顔が浮かんだ。いたずら好きだが根はやさしく、どんなにひもじいときでも、食いもんを茶太郎に分けてくれた。それがふた月ほど前、背中に背負った薪《たきぎ》に火をつけられてやけどを負わされた挙句、泥の舟に乗せられて溺死させられた。うさぎの勘太《かんた》のやつは、何度殺しても殺しきれないほど憎い。

「恨みを晴らすには栃丸どんの計画が最適だと思う」

ふんと栃丸は満足げに微笑み、柿の汁のついた手をぺろりと舐《な》めた。

「それならもう少しだけ手がかりをやるべ。岩兵は『いつか南天丸の体の上にのしかかって殺してやりてえ』と、周りに漏らしていた」

それが何の手がかりだというのだ。茶太郎は腕を組んで考えたが、栃丸の考えてることがさっぱりわからなかった。

「岩兵の好物が何だったか、覚えてるか？」

しびれを切らしたように栃丸は言った。

「餅だろ」

「ああ、餅だ」

「だからそれが何か……」

といったところで、突然茶太郎はひらめいた。

餅は、臼でつくものだ。岩兵は南天丸の体にのしかかってやりたいと言っていた――。

「『猿蟹合戦』に出てくる臼というのはひょっとして、岩兵どんのことなのかい？」

その答えに、栃丸はにやりと笑った。当たっているようだ。となれば……と、茶太郎の頭の中でさっきの話もつながってくる。

「ぶな蔵どんは火薬の調合が得意だったよな。火薬といえば、火の中ではじけるもんだ。栗はぶな蔵のことを表しているんだ。……そうか、それでか！」

と囲炉裏の端に置きっぱなしになっている柿に目を落とす茶太郎を見て、今度は栃丸が不思議そうな顔をした。

「それでか、とはどういうことだべ」

「いやあ、おら、長兵衛さんから赤尻平の話を聞いたときから疑問に思っとることがあったんだ。南天丸どんと蟹の争いはそもそも、柿が原因で起きた。ってことは、赤尻平でも柿は普通の柿であるはずなんだ」

「普通の柿。まあ、たしかに人里の柿と変わらんべな」

「ところが、話に出てくる栗は自分で動くし、囲炉裏の中から計ったようにはじけて南天丸どんの顔にやけどを負わせるし、意思を持っている。柿は果物のままなのに栗が意思を持っているっていうのが、どうも納得いかなかったんだ」

これを聞いて栃丸は、きゃっきゃと笑いながら手を叩いた。

「ちげえねえべ！　おれはそんなふうに考えたことはなかったが、たしかにそうだ、茶太郎どん」

ひとしきり笑った後で、栃丸は言った。

「あの話は、事件をもとに誰かがひねり出して人間どもに広めたもんだ。栗や臼が意思を持って動くなんてとんだ与太話だべ。蜂だって虫けらだし、まして牛の糞なんて！」

「そういや、ここへ来るあいだ、猿としかすれ違わなかったね。他の動物はいないのか」

「いいや、いることはいる。だが、家や畑じゃなくて、周りの森の中にいるんだべ。りすや猪や鹿、それに、狸もな」

栃丸は茶太郎の顔に人差し指を向けた。

「そもそも赤尻平は、猿一族が、周りの動物を支配するための拠点として作り出した隠れ里なんだ。猿たちは厳しい掟《おきて》で、統制されているんだべ」

「厳しい掟」

「まあ、上のもんに逆らったらいかんとか、すでにいる猿と同じ名前を子どもにつけたらいかんとかな」

「へぇー」

「猿たちの頂上に君臨しとるのがさっきも言った猩々翁で、南天丸といえばその猩々翁のお気に入りなんだがよ、貢ぎ物を献上しまくって取り入ったんだべ」

栃丸はちょいちょい、「おやじ」ではなく父の名を言う。畏怖《いふ》の表れかもしれないと茶太郎は思った。

「それでまあ、うまい汁を吸っておったわけだべな。妻がいながら他のめす猿と浮気をしたり、猩々翁に妾をあてがってもらったりよ」

あまり得意な話ではないという顔を茶太郎がすると、「すまん、横道にそれたべ」と謝った。茶太郎は質問をする。

「栗がぶな蔵、臼が岩兵を表しているってことは、蜂や牛の糞も誰か別の猿を表しているのかな？　それから、蟹も」

「そうだな。じゃあそろそろ、二股杉《ふたまたすぎ》の三兄弟の話に移るべ」

栃丸は再び、話をはじめた。

四、

二股杉の三兄弟といえば、十年前はこの赤尻平では知らない者はおらん仲の良い兄弟だったんだ。長男の一郎《いちろう》は魚とりの名人でよ。さっき通ってきた赤尻川の上流に滝があるんだが、その滝の上に組んだ足場から、滝つぼの淵に釣り糸を垂れるんだべ。そんな危険な釣り場、他の猿は行きもしないが、一郎はそこで一日二十四は釣ったべな。「釣り王子《おうじ》一郎」っていうあだ名がついたもんだ。面倒見がよくてよ、早くに両親を亡くしたもんで、二人の弟の親代わりみてえなもんだったべ。

次男の二郎《じろう》は野山に生えてる草木にもんのすげえ詳しくて、やれあれは喉の腫《は》れに効く、やれあれは二日酔いに効くなんて調子の悪いもんに勧めていたんだ。子どもたちは怪我をしたら、みんな二郎のところに連れていかれる。二郎が傷の近くに針を刺すと、不思議と痛みが和《やわ》らぐんだべ。今考えりゃあれは麻酔の類《たぐい》なんだろうがな、みんなそれがわからねえから二郎の針には不思議な毒が使われてるんだろってことで、「毒針二郎」と呼ばれてた。

三男の三郎《さぶろう》はそんな二人の兄貴の手伝いをして暮らしていたが、どうも鈍くさくてよ。あるとき、同い年の猿どもと人里に芋を盗みに行ったのよ。……まあ赤尻平の猿は、ガキの頃に一度はそういうことをするもんだ。たいていは夜に行ってちょこっと盗んで持って帰ってくるんだがな、そのときに限って畑の主は用心しておったんだろな、いざ芋を掘ったところで見つかっちまったんだ。他の猿どもは首尾よく逃げたんだが、三郎は芋のつるに足を取られてすっ転んで、肥溜めに落ちたんだべ。人間に捕まることだけはなんとか避けられたが、そのときのことをずっと仲間にからかわれてな、「肥溜《こえだ》め三郎」というあだ名がついちまったんだ。

まあ、そんなこんなで三兄弟は仲良く暮らしておったんだが、ある日、釣り王子一郎が死んじまったんだべな。滝つぼに、足場ごと落ちて冷たくなっとるのが見つかった。悲しい事故じゃとみんなは言ったが、毒針二郎は納得いかねえと、壊れた足場の残骸をくまなく調べた。すると、足場を結んどった蔦《つた》のつるに、刃物で付けたらしい切れ目が見つかったんだべ。

＊

「まさかそれも、南天丸どんが……？」

茶太郎が思わず口を挟むと、栃丸はうなずいた。

「釣り王子一郎は魚を捕まえると、自分たち兄弟が食べる分を取りのけて、あとはみーんな周りの猿に分けていたんだべ。南天丸は、そういう人気のある猿がとにかく嫌いなんだべ」

「ひどいよっ！」

思わず茶太郎は立ち上がった。目には涙が浮かんでいた。

「栃丸どん、おら、あんたの計画には乗れねえ」

「どうしたんだべ」

「あんたのおやじは、二郎と三郎の兄貴を殺した。兄貴を殺される辛《つら》さは、おらもよくわかるだ。もし栃丸どんの殺してほしい相手っていうのがその兄弟なら、おらは……」

「早合点するなっての！」

栃丸は、囲炉裏の端をげんこつで叩いた。

「おれの殺してほしい相手は一匹だって言ってるべ」

「毒針二郎と肥溜め三郎じゃないのかい？」

「……ああ」

少し不本意そうだったが、栃丸ははっきり言った。

「あとで言うつもりだったが、その兄弟は岩兵におやじが潰されたのを見たあとで、すぐに赤尻平から逃げ出した。殺そうにも居場所がわかんねえ」

「そうだったんだ」

ほっとすると同時に、疑問が浮かぶ。

「どうして逃げる必要があったんだい？」

「南天丸は、猩々翁のお気に入りだべ。その南天丸を殺したとなったらただじゃ済まねえし、疑われるだけでも何をされるかわかったもんじゃない。実際、残りのやつらも一斉に逃げたが、一匹は猩々翁の手下に捕まって、とっちめられたんだべ」

とっちめられたというのが、どれだけひどい仕打ちなのか、茶太郎には想像がつかなかった。

「とにかく、これでおやじが殺された日にこの家に乗り込んできたやつらの話は、ぜんぶ済んだ」

茶太郎は気分を落ち着かせ、整理する。今、栃丸の話に出てきた猿が『猿蟹合戦』の話の中の誰に相当するのか。

蟹は、南天丸に殺された釣り王子一郎のことに違いない。針を象徴する蜂と、肥《こえ》を象徴する牛の糞がそれぞれ誰のことかもわかった。

「次は実際にあの日、おやじがどうやって殺されたのか、一緒に見てもらうべ」

茶太郎が考えを整理し終えるのを待ち構えていたかのように、栃丸は言った。

五、

「あの日、誰もいないこの家にやってきた四匹は、各々の持ち場についた。……と言っても、ぶな蔵と毒針二郎は自分の担当する仕掛けがすんだら、すぐに家から出たがな」

「仕掛け？」

「そうだ」

栃丸は、火箸で囲炉裏の灰をぐるぐるとかき回す。

「ぶな蔵が仕掛けたのはもちろん火薬だ。こうして穴を掘って、火薬の包みを隠しておいたんだ。火がおきたら、ぱちんとはじけるようにな。もちろん、猿一匹なんか吹っ飛ばせるくらいの火薬も準備できたろうが、他の三匹にも仇《かたき》を痛めつける機会を与えねばなんねえから、顔にやけどを負わせる程度のものにしたんだべ」

「なるほどね」

栃丸は火箸を置くと、よっこらせと立ち上がり、さっさと奥のほうへ歩いていく。茶太郎もついていった。

そこは台所だった。かまどには蜘蛛《くも》の巣が張られていて、脇には水甕があった。

「その蓋を、取ってみろ」

栃丸に言われたとおり、茶太郎は水甕の蓋を取る。中には水が入っているが澱《よど》んでいて、飲む気にはなれない。

「長兵衛さんから聞いた話では、ここから蜂が飛び出したっていうけど……」

「蓋に触れた時点で、もうだめなんだべ」

寂《さび》しげで残酷な笑みが、栃丸の顔に浮かんでいる。

「毒針二郎は持ち手の部分に、毒を塗った針を取り付けたんだ。持ち手に触ったとたん、指に針が刺さるようにな」

茶太郎は思わず、蓋を取り落とす。笑いながら栃丸はその蓋を拾った。

「安心しろ、今はもう針はねえべ」

「あ、ああそうか。……でも、二郎の毒針に刺されるとどうなるんだ？」

「まず、指を熊に噛みちぎられたみたいな痛みが襲う。そのあと腕全体がじんじんしびれてきて、丸太みたいに腫れちまう」

なんて恐ろしい……茶太郎は慄然とした。

「家のそばには、万病に効くという薬草が生えとる。四匹は相手が玄関から外へ飛び出すのを予測しとったんだべ」

「長兵衛さんから聞いた話でもそうだったよ。そのあとは、出入り口には牛の糞が横たわっていたことになっていたけれど、まさか肥溜め三郎自身が寝っ転がっていたのかい？」

栃丸は黙ったまま茶太郎の顔を見ていたが、やがて首を横に振った。

「じゃあ、牛の糞を置いたんだ」

「赤尻平に牛はいねえ。実際に置かれたのは、池から取ってきた蛙《かえる》の卵さ」

それじゃあ、ぬるぬるしてしょうがなかったろう。気持ちの悪い蛙の卵を手に持つのは抵抗があるが、肥溜め三郎と呼ばれ続けた猿にとっては、苦にならなかったのかもしれない。

「滑って転んで仰向けになった栃丸どんのおやじさんの上に、岩兵どんの巨体が落ちてきた」

「そうだ。やつらの計画は成功して、おれのおやじは死んだ」

栃丸の目に暗い影が訪れた。南天丸はずいぶん意地悪な猿だったようだが、身内を殺された者の辛さが茶太郎の中にも湧いてきた。

「……さあ茶太郎どん。話はこれで終わった。ここからはおめえの仕事だ。おれが殺してほしい相手を当ててみろ」

気を取り直すように、栃丸は茶太郎のほうを振り返る。

「当ててみろって言われてもなあ。いくつか訊きたいことがあるんだけど」

「もちろん問いは認める。だがこれは知恵試し。際限なく訊かれちゃかなわねえ。いくつか決まりを決めるべ」

「決まり？」

「一つ。おれが『そうだ』か『いいや』で答えられる問いだけ認める」

ずいぶんと難しそうだ。身構える茶太郎の前で栃丸は続ける。

「二つ。『殺したい相手は誰それか』というような、直接的な問いはだめだ」

「ああ」

「三つ。殺したい相手がわかったら……、そうだな、ちょうどこれがある」

茶太郎が食べずに置いてあった柿を栃丸は拾い上げ、茶太郎に押しやった。

「これをおれの前に置きながら名指ししろ。名指しできるのは一回だけだべ」

「その一回を外したら？」

「今回の話はなしだべ。おれだって組む相手は慎重に選びたいからな」

六、

茶太郎と栃丸は再び、囲炉裏を挟んで向かい合っている。

茶太郎は腕を組んで考えていた。妙な形のしっぽの生えた尻は、いまだにむずむずして落ち着かないが、猿の姿にもだいぶ慣れてきていた。

それにしても、今朝、ふらりとお寺に現れた栃丸に「赤尻平までついてきてくれねえか」と言われたときには、まさか栃丸の殺してほしい相手を考えさせられることになるなんて、これっぽちも思っていなかった。

自分から計画を持ち掛けておきながら、「知恵を試したい」などとはずいぶん勝手で傲慢《ごうまん》な猿だ──初めはそう思ったが、一筋縄ではいかない計画を実行する相棒に、最適なやつを選びたいというのは当然だ。それに茶太郎自身、猿蟹合戦の話に隠された、人間どもも知らない真実を知りたくなってきていた。

「まず、確認のために訊くよ」

茶太郎は口を開いた。

「殺してほしい相手は一匹だけだね」

「そうだ」

「そいつを殺してほしい理由は、おやじさんを殺したからだよね」

「そうだ」

「一匹は猩々翁の手下に捕まって『とっちめられた』って、さっき言ってたよね。殺してほしい相手はそいつなのか」

「いいや」

とっちめられたというのが、ひどい目に遭《あ》ったという意味ならそうだろう。もしかしたら「とっちめられた」やつの命はもうないのかもしれない。
難しそうな気がしていたが、整理したら案外簡単そうに思えてきた。
栗……ぶな蔵
臼……岩兵
蜂……毒針二郎
牛の糞……肥溜め三郎
このうち、毒針二郎と肥溜め三郎の兄弟は違うと栃丸がはっきり言っている。ということは、ぶな蔵か岩兵のどちらかだ。どっちかが「殺してほしい相手」でもう一方が「とっちめられたやつ」ということになる。
「普通に考えたら岩兵どんの気がするんだよな」
茶太郎はぼやくように言った。
「あとの三匹は栃丸どんのおやじさんを痛めつけはしたけれど、とどめを刺したのは岩兵どんだ。おやじさんを殺したということになれば、岩兵どんということになるんだ」
「それは、質問か？」
栃丸はぎろりと茶太郎を睨《にら》み付けた。
「い、いや……」
「おれが殺してほしい相手は岩兵と名指しするんか？　それならその柿をここへ置け」

囲炉裏の端を栃丸は叩いた。茶太郎は、自分の目の前の柿をじっと見つめる。これを置けるのは一回きりだ。もし間違えたら……

「ちょっと待って。もう少し考えさせてもらうよ」

自分にはきっと、栃丸の言う「知恵」が足りないのだろう。茶太郎は情けなくなった。

「でも、兄貴の恨みを晴らすには、この高慢ちきな猿の計画に乗るよりほかはない気がしている。とにかく、ない知恵をせいぜい絞ってみよう。

「口に出さずに考えると、こんがらがる。しばらく独り言を言いながら考えるけど許してくれるかい」

栃丸は無表情のまま、無言でうなずいた。

「もう一度、栃丸どんのおやじさんがどうやって殺されたのかおさらいすることにするよ。まずその出入り口から入ってきて、ここに座った。火をおこしてしばらくすると、ぶな蔵が仕掛けた火薬が爆発しておやじさんの顔に当たった」

台所へ行って水甕の蓋を取るときに指に毒針二郎の針が刺さり、薬草を採りに外へ飛び出したところで蛙の卵に滑って仰向けに転び……

「そのあと岩兵どんが庇から飛び降りて、おやじさんを殺した」

茶太郎の言葉に呼応するように、栃丸は目をつむった。茶太郎は、さっきから心の隅に引っかかっていた違和感の正体にようやく気づいた。

「長兵衛さんの話では、南天丸どんが殺された日、息子の栃丸どんはまつたけを採りに隣の山へ行っていたってことだったけど、それは本当かい」

「そうだ」

「じゃあ栃丸どんは、一連の話をどうして知ってるんだ。まるでこの場で見ていたみたい。あの日、隣の山にまつたけを採りに行っていたはずなのに」

栃丸は目を開けた。茶太郎にはわかっていた。これは『そうだ』『いいや』で答えられる問いではない。

「訊き方を変えるよ。栃丸どんはこの話を、あの日ここにいた四匹のうちの誰かから聞いたのか」

「……そうだ」

苦痛に満ちた声。茶太郎はぞっとした。自分たちの殺害の手口を、あろうことか殺した相手の息子に語って聞かせるなんて。猿とはなんと残酷な動物なのだろう。

「栃丸どんに一部始終を話したそいつを、おらに殺してほしいのか」

「いいや」

茶太郎は整理する。

「じゃあ、一部始終を話したやつは、さっき出てきた『とっちめられたやつ』と同じやつだね」

ぶな蔵か岩兵のどちらかなので当然だ。茶太郎としては確認のつもりだった。ところが――

「いいや」

「えっ？」

栃丸の答えに、茶太郎は混乱した。

「ちょ、ちょっと待ってよ。『殺してほしい相手』と『とっちめられたやつ』は別だったよね」

「そうだ」

「『栃丸どんに一部始終を話したやつ』は『殺してほしい相手』ではない」

「そうだ」

「それでもって、『一部始終をはなしたやつ』と『とっちめられたやつ』も別なのかい？」

「そうだ」

『殺してほしい相手』

『とっちめられたやつ』

『栃丸に一部始終を話したやつ』

この三者は別の猿だと栃丸は言う。

ぶな蔵、岩兵、毒針二郎、肥溜め三郎——このうち、毒針二郎と肥溜め三郎の兄弟はすぐに逃げ出して行方がわからないというので三者のどれでもない。残るはぶな蔵と岩兵しかいないが……。

どういうことだ……。

七、

茶太郎は天井を見上げて考えている。栃丸は囲炉裏の火を見つめ、手持ち無沙汰に尻を掻いていた。

元来、狸はいい加減な性格だから、理詰めは苦手なのだ。慣れないことをやって、おつむの毛がぜんぶ抜けてしまいそうなくらいに混乱していた。

もう一度、はじめから整理する。だけど結果はさっきと一緒だった。

数が合わない。それもこれも、「栃丸に事の顛末《てんまつ》を聞かせた者が四匹の中の一匹である」という、自分が導き出した推測が発端であることが腹立たしかった。

四匹の中の一匹……

「ん?」

茶太郎がつぶやくと、囲炉裏の火を眺《なが》めていた栃丸が顔を上げた。

何かをつかみかけた気がしていた。そしてそれは、茶太郎が初めに抱いたちょっとした違和感ともつながった。

……そうか。

「栃丸どんに話したやつが『四匹の中の一匹』っていうのが違うんじゃないかな」

茶太郎が口を開くと、栃丸も待ってましたとばかりに応答した。

「違わねえ。あの日、ここにいた四匹の中の一匹だ」

直後、『そうだ』『いいや』以外の返答をしてしまったことを恥じるように、また尻を掻いてごまかした。

「おらが思っている四匹の中の一匹じゃねえってことさ。ねえ栃丸どん。この質問なら答えてくれるだろうね。――あの日、栃丸どんのおやじさんを殺した四匹ってのは、ぶな蔵、岩兵、毒針二郎、肥溜め三郎の四匹かい?」

茶太郎はこれまで、はっきりとその四匹だと特定する問いをしてこなかった。茶太郎の推理が正しければ……栃丸は少しのあいだ黙ったが、観念したように口を開いた。

「いいや」

思わず快哉《かいさい》を叫びそうになるのを抑え、茶太郎は「わかるよ」と続けた。

「牛の糞が違うんだ。肥溜め三郎じゃないんだろう?」

「そうだ」

「おら、さっきの栃丸どんの話を聞いていて、おかしいと思っていたことがあるんだ。長兵衛さんから聞いた話では、南天丸どんを殺す計画を考えたのは頭の良い牛の糞だってことだった。だが栃丸どんの話では、肥溜め三郎はずいぶんとぼんやりした猿だったってことじゃないか。二人の兄の仕事を手伝ってもへまばっかりだし、そもそも人間に追っかけられて肥溜めに落ちるぐらいだから、こんな周到な計画を考えられたのかなって」

栃丸の話を思い返してみれば、「肥溜め三郎が牛の糞」だとは一度も言っていなかった。肥溜めから糞を連想し、茶太郎が勝手にそう思い込んでいただけだ。蛙の卵のことを明らかにしたときだって栃丸は、「実際に置かれたのは～」と、誰が置いたのかはぼかして話していた。

しかしこれに気づいたからと言って、まだ完全には喜べない。新たな疑問が立ちはだかったことになるからだ。

玄関に蛙の卵を置いて南天丸を転倒させた「牛の糞」とは誰のことなのか。

「おやじが殺された日にこの家に乗り込んできたやつらの話は、ぜんぶ済んだ——栃丸どんは話を終えたあとにこう言った。あの言葉に嘘はないんだよね」

「そうだ」

じゃあ、栃丸の話の中にいたはずなのだ、牛の糞が。栃丸は細かく思い返していく。

ぶな蔵、岩兵、毒針二郎、肥溜め三郎——。

他に猿がいただろうか……いたような気がする。記憶力がいいほうではないことは承知だが、たしかに印象的なことがあった。

……栃丸は話の途中で一回、鼻をつままなかったか。

「あっ！」

瞬間、茶太郎ははっきりとわかった。

「いたよ、もう一匹」

半ば確信に近い問いを、茶太郎はぶつけた。

「牛の糞は、栃丸どんのおっかあ、蓮華さんだね？」

ぼてっとした体つきでお世辞にも美しいなんて言えねえし、水嫌いで風呂にも入らねくて臭えしな——栃丸はそう言っていた。牛の糞にたとえられてもおかしくない。

「大したもんだな……」

そうだ、という代わりに栃丸は言った。

「気をつけて話をしたから、見破れねえもんと思っていたが」

「でもおかしいじゃないか。南天丸どんと蓮華さんは夫婦だろ。どうして牛の糞——蓮華さんは、南天丸を殺す計画を率先して立てたんだい？」

「『そうだ』『いいや』で答えられる質問しか受け付けねえ」

「ああ。そうだった」

茶太郎は考える。妻が夫を殺す理由……そして茶太郎はさっき、南天丸が猩々翁に取り入っているくだりの話で聞いた、あることを思い出した。

「たしか南天丸どんは、猩々翁から妾をあてがってもらっていたと言っていたね」

「そうだ」

「蓮華さんはそれが面白くなかった。それが動機だったんだね」

「そうだ」

「栃丸どんに一部始終を語ったのは蓮華さんだ。それも南天丸が死んだあとに」

「そうだ」

茶太郎は柿を手に取った。

自分は、南天丸の元妻にして栃丸の母親、蓮華を殺すのだ。南天丸殺害の立案者。たしかに憎い相手だろう。茶太郎はそう思いながら、柿を片手に栃丸の目を見る。冷たい、感情をわざと押し込めているような目だった。

「栃丸どんはいいのか、自分のおっかあが殺されることになっても？」

実際のところ、茶太郎は不可解だった。蓮華はむしろ、夫に浮気されてかわいそうだったのではないか。責められるべきは、色好みでいたずら好きの範疇《はんちゅう》を超えて他の猿を傷つけまくった南天丸のほうではないのか。そういう事情があってもなお、父を殺した者が憎いというのか。

「答えられねえ」

栃丸は言った。

父の仇である母を殺す。その心境の複雑さは茶太郎には理解できない。栃丸自身も理解していないのかもしれない。その、心の葛藤が、答えられねえという答えとなって……

「ん？」

茶太郎は自分の大いなる間違いに気づいた。

「違うじゃないか」

手にした柿を、囲炉裏の端に置き戻す。

「『一部始終を話したやつ』が蓮華さんだ。『殺してほしい相手』は別だった」

危ない危ない。牛の糞の意外な正体がわかったことですべてが見えた気がしてしまっていたが、目的はそういうことじゃないのだった。

事件に関わった四匹が、ぶな蔵、岩兵、毒針二郎、蓮華と変わっただけだ。

ということは――と考えて茶太郎は絶望的な気分になる。

栃丸が「殺してほしい相手」はぶな蔵か岩兵か。その問題はまるっきり解決していない。

茶太郎はまた、後ろに手をついて天井を見上げた。なんだかどっと疲れた気がしている。

今度の沈黙は、だいぶ長く続いた。

どこか遠くで、からすの鳴く声が聞こえている。栃丸はしきりに、尻を掻いている。

八、

「かわいそうなもんだな、栃丸どんは」

ふいに発した茶太郎の一言に、栃丸は反応した。

「どうしてだ」

「おっかあがおっとうを殺すなんてよ」

茶太郎は長い沈黙のあいだ、楽しかった幼少のころを思い出していたのだった。

「おらのうちは兄弟が五人いてさ。食うもんがなくていっつも腹を空かせていたけど、おっとうもおっかあも優しくて、毎日笑いが絶えなかったよ。殺された兄貴だって、性悪になっちまったのはおやじが罠にかかって狸汁にされちまったからで、それまでは優しかったんだ」

話しているうちに、茶太郎の目には涙が浮かんできた。

「家族は仲がいいのがいちばんさ。おっかあがおっとうを殺すなんて」

「うちの家族も似たようなもんだったさ」

栃丸が言った。

「冬に食うもんがないときは、おやじとおっかあが一緒になって雪を掘ってよ、食えそうな根っこを引きちぎって持って帰ってくるんだべ。まずかったけどよ、ありがたかったよなあ」

南天丸と蓮華にもそんな時期があったのだと思い、茶太郎は余計に悲しくなった。その一方で、どこか違和感も覚えた。

「栃丸どん、今、『おっかあ』って言ったよね」

「なんだ？」

「さっきまでは『蓮華』って、自分のおっかあなのに他人行儀に……」

と、ここまで言って、茶太郎ははっとした。栃丸は今まで、蓮華が自分のおっかあだという意味の発言をしただろうか。初めて蓮華のことを口にしたとき、南天丸を主語に「蓮華っていう自分の女房は～」という言い方をしていなかったか。

「栃丸どん。質問に戻るよ。蓮華っていうのは、あんたのおっかあかい？」

栃丸はしまったというような顔をしたが、

「……いいや」

そう答えた。

猩々翁からあてがわれた妾が南天丸にはいた。蓮華が本妻だとしたら、栃丸は妾のめす猿の子ということになる。南天丸は少なくとも、栃丸の前ではいい父親だった。それを殺した義母の蓮華を恨み……

「ん？」

またおかしなことに気づいた。

まさか。

「栃丸どんはさあ、『南天丸』って言うときと『おやじ』って言うときがあるよね」

「それは問いか？」

「いや。じゃあこう訊くよ。あんたのおやじさんは、南天丸かい？」

「……いいや」

ばつが悪そうに尻を掻きながら答える栃丸。茶太郎は飛び上がりそうになった。

栃丸は、南天丸の子どもではない！「南天丸」と「おやじ」を、巧みに使い分けて話をしていたのだ。

真相に迫っている気配が、茶太郎の全身の毛を震わせる。思わず狸の姿に戻りそうなくらいだった。

「続けて訊くよ。あんた、栃丸どんかい？」

「それは……そうだ」

てっきり『いいや』が返ってくると思っていた茶太郎はまた混乱しそうになった。栃丸が南天丸の子であることは「猿蟹合戦」の話でも語られているので間違いない。赤尻平の猿には、生まれた子にはすでにいる猿と同じ名前をつけてはならないという厳しい掟があるから、栃丸という名の猿は二匹といないはずだ。

そして茶太郎の頭の中に、この家に入る直前のある光景がよみがえってきた。

——おうい、栃丸。

前から歩いてきた年寄り猿が、栃丸の顔を見て声をかけてきたのだった。ということは、目の前の猿が栃丸であることは、第三者の目を通じて確認されていることになる。

どういうことなんだ。この猿は南天丸の子ではないのに、栃丸という名前だなんて。尻のあたりがむずむずする。もうどれくらい猿の姿でいるのだろう。こんな細い尻尾で、人間のように腰掛けているのは窮屈だし疲れる。狸の姿に戻って横になりたい。泥のように眠って、頭をすっきりさせたい。

囲炉裏を挟んだ向こう側の栃丸もまた腰を浮かせ、尻を掻き続けている。

「あっ、えっ？」

その姿を見ていて、茶太郎に今日何度目かのひらめきが舞い降りた。

目の前の栃丸は、「猿の栃丸の姿をした者」であって「猿の栃丸」とは限らないのではないか……

「栃丸どん、本当は猿じゃないのかい？」

栃丸は、尻を掻く手を止めた。

「そうだ」

しっぽの据わりが悪いのは、茶太郎と同じらしい。

「おらと同じ、狸だね？」

「そうだ」

「狸で、『栃丸』っていう名前なんだね？」

「そうだ」

赤尻平の猿のあいだには、すでにいる猿と同じ名前をつけてはいけないという厳しい掟がある——しかしこれが他の動物に適用されるとは聞いていない。赤尻平には鹿に猪にりす、それに狸もいると言っていたではないか。

そういえば、笑った顔にどことなく親近感があった。

それにしても見事な化けっぷりだ。毎日人間の前で化けているから、茶太郎にも化け術の心得はあるが、同じ狸にこんなにすんなり化かされたのは初めてだった。

……いや、感心している場合じゃない。目の前の栃丸が狸ということは「おやじ」も当然狸ということになる。今まで見ていた世界ががらりと変わる。

「あの日この家にやってきた、ぶな蔵、岩兵、毒針二郎、蓮華の四匹は、あんたのおやじさん、つまり狸を殺したのか」

「そうだ」

「その狸のおやじさんに、四匹は恨みがあったのか」

「いいや……」

答える栃丸の声は、震えていた。悔しさや怒りといった感情がこもっているように感じた。茶太郎は、心の臓をわしづかみにされたような感覚に陥る。だが、迫らなければならない。その残酷な真相に。

「……四匹は、南天丸を殺したつもりだった」

「そうだ」

「あんたのおやじさんは、南天丸に化けてこの家に入ってきた」

「そうだ」

「それを、四匹は南天丸と勘違いして殺した」

「そうだっ！」

栃丸がこぶしを囲炉裏の端に叩き付ける。

「あんたのおやじさんは、南天丸に騙されて、身代わりにされたのか」

「……そう……だ」

涙が一粒、囲炉裏の灰に落ちた。

九、

「本物の猿の栃丸は今頃、ここからずっと離れたどんどん山で山桃を採ってるべ」

栃丸が涙を拭《ぬぐ》いながら再び口を開いた頃には、日はとっぷりと暮れていた。

「さっきの年寄り猿がそう言ってたね」

「泊まりがけのはずだから、今日はもう帰ってこねえべ。だから、ゆっくり話ができる。聞いてくれるべな、茶太郎どん」

囲炉裏では、火のついた小枝がぱちぱちと音を立てている。火に照らされた栃丸の顔を見て、茶太郎は「うん」と返事をした。

「南天丸はひどい猿だ」

栃丸は語り出した。

「猩々翁のお気に入りだってのをいいことに、あちこちで悪さをしまくって、いつもお咎《とが》めなし。その猩々翁に献上する貢ぎ物だって、赤尻平の猿たちから盗んだものなのさ。蓮華だって、もともとは毛並みの美しい猿だった。それがあるとき、南天丸に川に落とされてから水が怖くなって風呂に入れなくなったんだ。それを、臭いからって遠ざけて、若いめす猿を連れ込んで……おれたち狸は、猿の生活には関わらないようにしていたが、南天丸の悪評は届いていたんだべ」

そんな南天丸があるとき、栃之介《とちのすけ》という名の栃丸の父親に近づいてきたのだという。

「こんなでっけえ鱒《ます》を十四も持ってきてよ。『おめえのところにも、うちと同じ栃丸って名前の息子がいるらしいじゃねえか』なんてにこにこ笑ってきたんだべ。『これは近づきのしるしだ』ってな。おやじは警戒して、帰ってくれるように頼んだんだが、その後ろにいたおれは鱒が食いたくて食いたくてしかたなかった。その時点で、三日間も何にも食ってなかったんだ」

そんな栃丸の心に付け入るように鱒を見せびらかす南天丸に、ついに栃之介も折れてしまった。それ以来、南天丸は二日に一回は土産物を手に、栃丸たちの暮らす穴にやってきた。木登りのできない狸にはけっして手に入らない新鮮な果物もあり、次第に栃之介も心を開いていった。

「おやじは、赤尻平でも評判の化け術の得意な狸でよ。南天丸はあるとき『おれに化けることができっかや』と訊いたんだべ。猿に化けるなんざ、おやじにとってはたやすいことだ。くるんと一回転してすぐに南天丸になった。自分とまったく同じ姿かたちになったおやじを見て、南天丸は喜んだのなんのって。おれもそのときは鼻高々な気分だったがな……」

南天丸が栃之介を連れ出したのは、その翌日の夕方のことだった。ちょっとした仕事を手伝ってほしいと南天丸は言った。いつも手土産をもらっている手前、断れなかった栃之介は南天丸についていった。それが、栃丸が最後に見た父親の姿となった。

「すぐに帰ってくるって言ってたのに、真夜中になっても帰ってこねえんで、おれはおっかあが止めるのを振り切って猿たちの住む集落へ行ったんだ。すると、真夜中だってのに猿たちが外に出て、ひそひそ噂話をしてるんだ。猿は警戒心が強いからよ、おれ、猿に化けてから一匹の娘猿に訊いたんだ。何があったかって」

南天丸どんが殺されたのよ。あれだけ悪さをしたんだから、殺されてもしょうがないわ。——娘猿はそう答えたという。

「一緒に栃之介という狸がいたんだが知らないかと訊いても、娘猿は首を横に振るばかり。それどころか、猩々翁の手下たちが南天丸を殺した猿たちを追いかけているから、誤解されないように早く家に帰ったほうがいいわとまでいうんだ。おれは胸騒ぎがして、娘猿に南天丸の家はどこかを訊いて行ってみた。玄関の前には血の池ができていて、固い毛がこびりついていた。それはよく見ると猿の毛じゃなく……狸の毛だったべ」

そのときのことを思い出したのか、栃丸はまた涙を拭った。

「おれは無我夢中で山の中を探し回った。すると、一匹の汚れためす猿が、必死で穴を掘っているのに出くわした。おれを見てはっとするそのめす猿は、なんともいえねえ臭いにおいを漂わせていた。そして、穴の横には……白目をむいて動かなくなったおやじの姿があった」

狸の姿に戻った栃丸は、すぐに父の体に飛びついて揺すぶったが、既に冷たくなっていた。死んだ狸と栃丸の関係を悟ったその臭いめす猿——蓮華は、涙ながらに自分たちがしたことを告白した。

夫に恨みを持つ者を集めて計画を持ち掛けた。当日は息子の栃丸を遠い山へまつたけ採りに行かせ、家を空にしてから南天丸を呼び付けたということだった。

「蓮華は謝った。仕掛けをしてすぐに家を出たぶな蔵と毒針二郎はもちろん、自分と岩兵のうち誰も、帰ってきた南天丸が狸だと気づかなかったと。悪知恵の働く南天丸は、蓮華たちが自分を殺害する計画を立てていることに勘づいていた。それで、自分の身代わりを立てて殺させ、『南天丸が死んだ』と赤尻平じゅうの猿に思わせたうえで姿をくらますことにしたんだろうと。……ただ、南天丸には知らないことがあった。化けた狸は死んだら元の姿に戻るんだべ。岩兵は自分が潰したのが南天丸だと信じ切ってすぐにその場を離れたが、残っていた蓮華はそうじゃなかった。血まみれになって死んでいるのが狸だとわかった瞬間、南天丸の計画をすべて知ったんだ」

良心の呵責《かしやく》にさいなまれた蓮華はすぐさま殺した狸の亡骸《なきがら》を山の中に運び、弔《とむら》おうとした。そこへ、その狸の息子の栃丸がやってきたというわけだった。

「おれは蓮華を許し、同時に南天丸に復讐を誓ったんだ。その後ほどなくして、猩々翁の手下どもに岩兵がつかまってとっちめられたという噂が広まった。聞くところによれば、命ばかりは助かったが、手足を折られてもう動けねえそうだ。猩々翁の息のかかった猿を殺すとどんなひどい目に遭うか、みんな思い知ったんだべな」

「それでも、復讐したい気持ちは変わらなかった」

「あたりめえだ。おれは南天丸の行方を追った。だがあいつは、まるで本当に死んでしまったかのように姿を消した。それればかりか、南天丸殺害事件の顛末《てんまつ》はいつしか『猿蟹合戦』なんていう昔話に変えられちまって、人の里にまで知られるようになった」

ひょっとして、南天丸が面白おかしい話に変えて広めたのかもしれねえな、と栃丸は吐き捨てるように言って続けた。

「卑劣で狡猾《こうかつ》なあいつのことだ。絶対に生きていると思っていたおれも、十年経つうちに、南天丸は本当に死んじまったんじゃないかって思いはじめた……」

「でも、南天丸は、生きていた？」

「そうだ」

栃丸は答えた。今まででいちばん沈鬱《ちんうつ》で、恨みのこもった「そうだ」だった。

「つい先月、化け術の練習で切り株に化けていたところに、猩々翁屋敷の客らしい猿どもがやってきて、おれに座って雑談をはじめたんだ。一人は痩せてて背が高くて、顔の上半分がただれたみてえに真っ赤で、こじゃれた煙管《きせる》なんか持ってやがった。もう一人はずんぐりしていて、おでこのところの毛が白かった。『猿六《さるろく》よ、近頃、南天丸の評判はすこぶる悪いのう』。白毛のほうがそう言ったのを聞いて、おれは全身の毛が逆立ちそうになった。切り株の姿じゃなかったら、叫んでるところだったべ」

「しがたねっぺ、やつは猩々翁のお気に入りだかんな。煙管のほうが答えた。だからっておめえ、あれはやりすぎじゃ、いつか絶対に痛い目を見るぜ。白毛のほうは怒気を含んだ声で言った。

話を聞いているうち、南天丸が猩々翁の屋敷で世間から身を隠して贅沢《ぜいたく》な暮らしをしていることがわかった。天は味方した。切り株の姿のままで栃丸は思った。

猩々翁の屋敷の守りは厳重で、出入りには厳しい取り調べがある。だが狸には化け術がある。屋敷に運び込まれる食いもんの一つにでも化ければ簡単に入ることができ、南天丸に近づけるだろう。

「だが……これもいけねえことがわかった。南天丸を殺しても、手下の猿どもの仕業じゃねえとわかったら、真っ先に疑われるのは狸だ。屋敷の者どもは当然、南天丸の企《たくら》みを知っているだろう。となれば、身代わりにした栃之介の息子である俺が疑われることは間違いない」

「それで今回の計画を練ったというのか」

もう「そうだ」とは言わず、栃丸は力強くうなずいた。そして茶太郎の目を見て、ふぅーと長い息を吐いた。

「聞いてくれてありがとう、茶太郎どん。長年胸につかえていたどす黒い感情が、吐き出せた気分だ」

「うん」

「正直に今の気持ちを言うとよ……迷ってるんだべ」

「迷ってる？」

「ああ。化け術が得意だという噂を聞いておめえに近づいたが、今日、話していてはっきりわかった。おめえは知恵もあるし、優しさもある。茶太郎どんの化け術があれば猩々翁の屋敷に入るのはたやすいだろうが、中には恐ろしい用心棒どもがうようよいる。狸だとばれたら殺されるかもしれねえ。おめえみたいないい狸を、みすみすそんな危険なところに……」

「それ以上言わなくていいよ」

茶太郎は囲炉裏の端に置いてあった柿を取り、すっくと立ち上がった。囲炉裏を回り、栃丸のそばに行く。

「知恵にも優しさにも自信はないよ。でも、おら、勇気だけはちょっとあると思っているんだ。一生懸命やらせてもらうよ、栃丸どんのために」

そして、栃丸の前に柿を置いた。

「おらが殺す相手は、南天丸だ」

「茶太郎どん……」

栃丸は茶太郎の顔を見つめていたが、やがて立ち上がった。その眼には決意がみなぎっていた。

「間違いねえ。おめえが殺す相手は南天丸、そしておれが殺す相手はうさぎの勘太だ」

手を差し出してくる栃丸。

「やるべ、交換犯罪を」

「ああ」

茶太郎はその手をしっかりと握った。

握手ができるのだから、猿の姿もまんざら捨てたものではない。怨恨と殺意という不穏なきっかけが結んだにせよ、それは一つの絆に違いなかった。

——夜よ、狸たちのために。

猿六とぶんぶく交換犯罪

一、

ん？　どうした、坊。眠れんのか。

……おはなしか。そうじゃのう。それじゃあ――今となっては昔のことじゃが、斜貫《しゃぬき》という竹の里に……月から来た探偵の話はしたか。それじゃあ――むかしむかしある人間の村に惣七《そうしち》という名の年寄りがおっての……ん？　そうか。ねずみの穴に何度も転がり落ちていく欲張りじいさんの話もしたか。猿蟹合戦もこないだ話したの。

……そうじゃ。あれは南天丸《なんてんまる》というひどい猿の作り話じゃ。

ああ、その南天丸が殺されたときの話はどうじゃ？　してない？　といっても、これは今までの昔話と違っての、わしが実際に体験した話じゃが、それでもいいか。……そうか。

むかーしむかし――といっても、まあざっと三十年ほど昔のことになるかいの。わしは猿の怪我《けが》や病気を治す猿医学を修め、方々の猿に施術するために旅をしておった。その途中、猿六《さるろく》という猿に出会ったんじゃ。猿六は痩せていて、なんでも昔、大けがをしたとかで顔の上半分がただれたように真っ赤じゃった。しゃべり方は田舎《いなか》臭くて親しみやすいんじゃが、ぎょろりとした目で常に周りのことを観察しとって、賢《かしこ》く、他の者の考えていることなど全部お見通しというようじゃった。わしはこんな猿六と妙に気が合って、一緒に旅をしとったんじゃ。

赤尻平《あかじりだいら》にたどり着いたんは、旅を続けて半年ほどたった夏の終わりのことじゃった。猿蟹合戦でも話した猩々翁《しょうじょうおう》の屋敷でちょっとした事件が起こったんじゃが、猿六は鋭い洞察力でそれをすぱっと解決しよっての、猩々翁にいたく気に入られた。ほいで、猩々翁と手下たちの暮らす猩々屋敷に泊まっていけと言われたんじゃな。もちろん、わしも一緒にじゃ。

赤尻平は前にも話したとおり、森の動物たちを支配するために猿たちが作った隠れ里じゃ。猿が暮らす集落があって、その周りに熊や鹿や狸なんぞが暮らす森がある。

猩々屋敷は集落を見下ろす北の高台にあっての、集落からそこまでは細い道一本きりしかなかった。この一本道を上ると、漆喰《しっくい》の高い塀に囲まれた屋敷があるんじゃ。門は昼間は開いておったが、猿以外の動物が入ることは禁じられ、もし入ろうものなら見つかって追い出されるか、その場でずたずたにされることになっとった。

屋敷の背後には誰も上り下りできん断崖絶壁がそびえとった（猩々屋敷・見取り図）。

〈狸々屋敷・見取り図〉

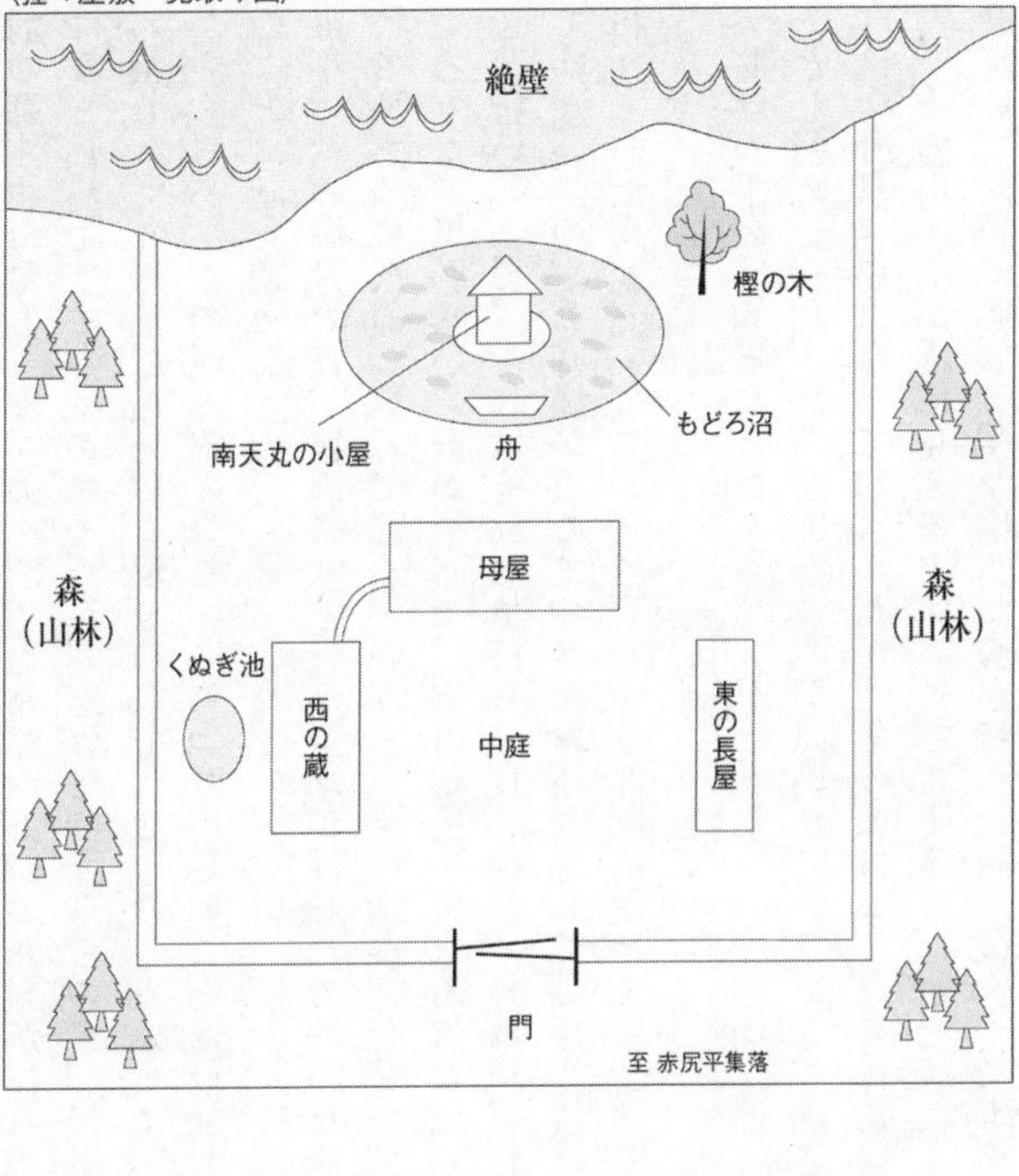
絶壁
樫の木
もどろ沼
南天丸の小屋
舟
母屋
森
（山林）
森
（山林）
くぬぎ池
西の蔵
中庭
東の長屋
門
至 赤尻平集落

塀の中には猩々翁の暮らす母屋と、猩々翁に認められた十五匹の家来が住む東の長屋、西の蔵、それらに囲まれるように中庭があったが、忘れてはならんのが、母屋と絶壁との間にあるもどろ沼じゃ。この沼は白と緑を混ぜ合わせたような、なんとも気味の悪い泥でできとったが……まあ、この泥の沼の真ん中にあった小島のことは後回しにして、猿酒祭りの翌朝のことに話を進めようの。

猩々屋敷では毎年、秋の満月の夜、猿酒祭りという祭りが行われておった。その年にできた猿酒を、皆で集まって夜通し飲んで騒ぐという……早い話が宴会じゃ。わしと猿六も参加させてもろうた。風が吹いて薄《すすき》が揺れて、どこか遠くでぽんぽこぽんぽこと太鼓を叩くような音が響いとって、それはそれは気持ちの良い夜じゃったが、わしも猿六も酒が強いほうではないでの、お月様が天のてっぺんを通り越したころに抜けさせてもろうて、あてがわれていた長屋の《二二一ノ乙》という部屋に戻ってぐっすり寝てしもうた。

「おい、綿《わた》さん。おれの手袋、知らねえだか」

翌朝、運ばれてきた朝めしを食ったあとで、猿六が訊いた。……ああ、綿さんとはわしのことじゃ。今は全身真っ白になってしもうたが、その頃はおでこのほんのちょびっとの毛が白かった。その白い毛が綿に見えるということでそう呼ばれとったんじゃ。

背が高くて痩せていて、猿にしちゃ張り出した鼻を持った猿六はいつでも冷静での。

持ち物を失《な》くしたりすることはけっしてないような性格なんじゃが、それでもやっぱり猿酒を飲みすぎたと見えて、気に入りの手袋を失くしちまったんだそうじゃ。

「知らん。誰か拾って持ってきてくれるじゃろ」

「猿ちゅうのは、拾ったもんは自分のもんにしちまうっぺな」

残念そうに猿六が言うたそのとき、がらりと出入り口の戸が開いた。

「おい、起きてっか」

入ってきたのは、皺《しわ》ん中に目鼻を放り込んだっちゅうくらいの年より猿じゃった。右腕は首から下げた布で吊っとった。

「およ、麦《むぎ》じいでねえか。朝まで飲んでいたってのに、元気だっぺな」

「なーも。猿酒は大好きじゃて。若いもんはみんな、ぶっ倒れとるがな」

わはははと麦じいは笑った。この三日前に長屋の屋根を直しとるときに滑り落ちて、右手の骨を折っちまっており、布はわしが処置をしたもんじゃ。

「猿六。昨日、話せんかった話の続きじゃ」麦じいは言うた。

「なんだったっぺな？」

「立林《たてばやし》の、かちかち山の話だ」

麦じいは、人間どもや他の山の動物どもの話を仕入れてきては仲間に聞かせるのが趣味じゃった。だが屋敷の他の猿どもはそれに付き合わされるのに辟易《へきえき》しとって、麦じいを相手にせなんだ。南天丸などは麦じいが話をはじめると、「話が長《なげ》えうえに息が臭《くせ》えんじゃ。こいつで口をふさいどけ」と食いかけの果物なんかを投げ付ける始末じゃった。そういうわけじゃから、なんでも話を聞く客のわしらは、麦じいにとって恰好の話し相手だったんじゃな。

麦じいがこの日話したのは、赤尻平から五里ばかり離れた立林という人間の集落の近くに住む、勘太《かんた》というひどいうさぎの話じゃった。

そこには茶々丸《ちゃちゃまる》といういたずら好きの狸がおって、その狸がふとしたはずみに年取った雌の人間を一匹、殺したということじゃった。坊にはもう何度も言うたが、人間ちゅうのはこの世でいちばん恐ろしい生き物じゃろ？　器用な手先で次々と奇天烈《きてれつ》な道具を作っては山の動物を見境なしに殺しとる。神様がなんであんな残虐で醜怪《しゅうかい》な生き物を作ったのか、ほんにわからん。

ところがうさぎの勘太は、そんな人間どもと仲ようしとったのだそうじゃ。殺された雌の人間の仇《かたき》をとるいうて、狸の茶々丸を呼び出し、一緒に薪《たきぎ》を拾いにいこうと誘った。薪がたくさん採れたところで、茶々丸に背負わせ、先に歩かせると、火打ち石を取り出したそうじゃ。

「この〝かちかち〟いう音は何じゃいな」と訊ねる茶々丸に、「ここはかちかち山じゃから、かちかちなるんじゃ」とわけのわからん答えを返し、勘太は薪に火をつけた。茶々丸の背中は丸焦げじゃ。

あくる日、勘太はやけどの薬じゃといって辛子《からし》を混ぜ込んだ味噌を持ってきて茶々丸に渡したんだそうじゃ。やけどが勘太の仕業だと気づいておらんかった茶々丸はまんまと騙《だま》され、のたうち回るほど痛がった。

勘太の仕打ちはこれに留まらん。やけどが治ったころに茶々丸を釣りに誘った。湖には舟が二艘用意されとっての、素直な茶々丸は勘太に勧められたほうに乗り込んだんじゃ。ところが茶々丸の乗った舟は勘太がこさえた泥の舟で、どんどん崩れていく。狸は泳ぎが苦手じゃからの、茶々丸はそのまま溺れ死んじまったんじゃそうな。

「へぇーえ、ひどいことをするうさぎがいたもんだっぺ」

猿六はいつのまにか、自慢の煙管《きせる》で煙をくゆらせながら、麦じいの話に相槌《あいづち》を打った。

「茶々丸は、人間を一匹、殺しただけだっぺ?」

「んだんだ。人間なんてあんなにうじゃうじゃ増えとるで、一匹くらい殺してもなーんも変わらん。だども立林は人間の里だからよ、茶々丸のほうが悪くて勘太のほうが英雄なんじゃと。ひっどい話じゃの」

やりきれないという表情で、麦じいは首を振った。そばで聞いていたわしももちろん、人間なぞに肩入れする勘太に怒りを覚えておったが、それよりも気になることがあった。猿六の煙管から漂ってくる紫色の煙の臭いじゃ。

「猿六、おめえ、またムカデ草《ぐさ》を吸ってんな？」

猿六はへっ、と笑って取り合わない姿勢を明らかにしたんじゃ。

「こんなにのどかだと、頭が腐っちまうっぺ。ムカデ草でも吸わないことにゃ」

坊もおっとうに言われとるから知っとるじゃろうが、ムカデ草は刻んで火をつけて煙を吸うと、温泉に鉄錆《てつさび》を混ぜたような妙な香りが口から鼻、さらに肺の腑《ふ》に広がって頭ん中がぐわらぐわらとするんじゃ。繰り返しとるうちに目の前がちかちかして、なーんとも気持ちええ感じになっていき、手放せんようになるが、やりすぎると五臓六腑がぼろぼろになっちまう。坊は絶対に手を出すでないぞ。

「猿六、そんなに吸いすぎるといつか悔やむことになっぞ」わしは言うた。

「ほなら言わしてもらうけどよ、綿さん」猿六は煙管から口を離した。「くぬぎ池から鮒《ふな》をかっさらってぺろりと平らげるのはいいっていうだか？」

わしは絶句した。というのもその日の早朝まだ薄暗いうち、わしはこっそり部屋を抜け出し、西の蔵の裏手にあるくぬぎ池に行った。池には猩々翁が育てとる鮒がうようよ泳いどる。猩々翁は食うためではなく愛《め》でるために鮒どもを飼っとるという話だったが、わしは魚が好きで、一匹でええから食いたいと、池のことを知ったときから思っとった。

「猿六、おめえ、あのときぐっすり寝ていたと思ったが、寝たふりしてたのか」

猿六は煙管を手に、くすくす笑った。

「ぐっすり寝とったっぺ」

「じゃあなんで知ってるんだ？」

「そりゃおめえ、推理したのさ。おめえの足に、やぶじらみの実がついてっぺ」

足を見ると、たしかに一粒、ついてたんじゃ。

「寝るときはついてねがったっぺ。屋敷ん中でやぶじらみが生《は》えてるのは、西の蔵の近くだけだ。あと、さっき玄関さ行ったら、干してある手拭《てぬぐ》いがしめってて、水藻の臭いがしたっぺ。くぬぎ池に入った誰かの手足を拭《ふ》いたのは明らかだ」

「でも、鮒を食ったというのは？　ただ散歩に行って、池に足を入れただけかもしらんじゃろ」

「なーに言ってぇ。いつもはしっかり食う飯を、少し残しとるでねえか。腹ん中に何か入っとるってことよ」

茶碗の中に残っている飯を見てわしは顔が熱くなった。うまくやったと思ったのに、この友人はすべてお見通しだったのだ。

「かー。おめえは本当にすげえな」

「初歩的なことだっぺ、綿さん」

楽しそうにムカデ草の煙をくゆらす猿六に、麦じいが声をかけた。

「探偵みてえだ」

「やめろって麦じい。探偵っちゅうのは、月のかぐや姫が人間に教えたもんだっぺ。おれは人間じゃねえし、探偵なんてもんじゃねえ。ただ目の前に謎があるとほっとけねえのよ」

「大変だあっ！　猿六さん、綿さん！」

そのとき、頭頂部に毛のぴょこんと飛び出た子ザルが飛び込んできた。猩々屋敷の飯炊き猿、エテ作《さく》じゃ。まだ子どもじゃということもあって、宴会では猿酒を飲ませずせっせと給仕に徹しとったんじゃ。

「な、ななな……」

エテ作は真っ赤な顔で声を詰まらせた。わしはその背中をどん！　と叩いた。

「落ち着け、何があった」

「南天丸さんが、死んでるんだっ！」

わしはすぐに猿六のほうを振り返った。目を真ん丸にして絶句しておる麦じいの横で猿六はすでに立ち上がり、ムカデ草の灰をぱんぱんと払っておった。

二、

南天丸のことは前にも話したの。

もともとは屋敷の外に住む一般の猿じゃったが、美味い野菜や果物、珍しい品物を猩々翁に貢ぎまくって取り立ててもらった。貢ぎ物の多くは外の猿どもや他の動物を騙して手に入れたものじゃったし、それでなくても嫉妬深い性格で、他の猿どもに悪さをしてきたことから恨まれ、殺されかけたこともあるとのことじゃ。

ところがこの南天丸、他の猿が何匹集まっても敵《かな》わないほど悪知恵が働いての、あろうことか自分が殺される計画を逆手にとったんじゃ。狸を一匹騙して自分の姿に化けさせ、まんまと身代わりにした。

以来、猩々翁の屋敷にあてがわれた離れの小屋にこもりっきりになり、自分が死んだという噂《うわさ》を流させた。むろん、屋敷内に住む猿どもは南天丸が生きておることを知っておるが、南天丸を守ろうとする猩々翁の命によって、その事実を外に漏らすことはご法《はっ》度《と》となっておった。

南天丸の小屋は、もどろ沼に浮かぶ小島の中央にあった。もどろ沼は全体が屍泥藻泥《しどろもどろ》ちゅうなんとも奇妙な泥でできとってな、熊の糞と桃の花を混ぜ合わせたような独特の臭いがあって、とーっても粘っこいんじゃ。わしら猿はけっして泳ぎは苦手じゃないが、この屍泥藻泥は体に粘りつくと、たとえ魚でも泳げんくらいじゃ。おまけに沼は底なしと言われるくらいに深くて、落ちたら抜け出せん。麦じいの話では、休もうと沼に降りた水鳥が、そのままずぶずぶとのまれてしまうことも珍しゅうないということじゃった。

つまり南天丸は、自然の要害に守られて寝起きしとるちゅうわけじゃ。

エテ作についてわしたちがもどろ沼に着いたときには、屋敷中の猿たちが集まっとった。皆、昨晩の酒が残っとってぐったりしとったがの。

「あ、あれです」

エテ作が指さした先、小島の近くに小舟が一艘、浮かんでおる。その小舟から一匹の猿が上半身を乗り出しておった。顔は屍泥藻泥の中に浸ってしまっておって、あれじゃあ息ができまいと思った。

毎朝、南天丸はその小舟で沼を渡ってきて、エテ作から朝食を受け取って戻っていく。それが今朝は来なかったもんだから、さすがに一晩飲んだあとだで朝めしはいらんのかもと思うたエテ作じゃったが、一応見にいくかと岸にきたところ、異変に気づいたんだそうじゃ。

「おお、おお、南天丸よ、南天丸よ……」

長い真っ白な毛に覆われた長い牙の持ち主――猩々翁はいつもの威厳はどこへやら、おろおろと池のへりをうろつくばかりじゃった。

「舟、持ってきたどっ」

体のでかい青毛の猿が、小舟を頭の上に掲げてやってきた。青苔《あおごけ》と言うて、屋敷の用心棒のような猿じゃ。持ってきた舟は、いつもは西の蔵の天井にかけてある予備のものだということじゃった。

「さっそく、小島に行くど」

「待てっ！」

舟を沼に浮かべようとする青苔の前に、猿六が立ちはだかる。舟を岸に伏せて置かせると、じっくりと観察を始めた。

「何をしておる、猿六よ」

猩々翁が訊いた。

「屍泥藻泥がついてねぇことを確認したんだっぺ。いつも使っとるあの小舟とこの舟のほかに、小島に渡る手立てはねえっぺな」

「そうだ。この屋敷に、舟はその二つしかない」

「何をごちゃごちゃ言っとるんだど？」

青苔がごつごつしたこぶしを猿六に突き付けるようにし、酒臭い息を吐いて迫っただ。どうもこの青苔はよそ者のわしらのことを気に入っとらんようじゃった。

「必要なことよ。向こうにはおれと綿さんだけが渡るっぺ。ええな？」

「待て。わしも渡る！」

赤尻平では猩々翁の言葉は絶対じゃ。猿六も「まあええ」と同意した。わしら三匹は舟に乗り込み、わしと猿六が一本ずつ櫂《かい》を操って小島に渡った。

南天丸の小舟に飛び移り、わしは猿六と力を合わせてその体を引き上げた。屍泥藻泥にまみれた南天丸の顔が出てきたんじゃ。

「おお、おお……！　わしの南天丸！」

猩々翁は涙を流さんばかりに嘆いとった。

「静かにしてくらっちぇ、猩々翁。集中できねっぺな。綿さんどうだ、南天丸はなんで死んだ？」

「酔っぱらって顔から突っ込んだようにも見えるが……ちょっと待て。猿六、なんか拭うもんはあるか？」

猿六は小屋の戸を開けて入ると、すぐに手拭いを三枚持ってきた。わしは受け取って、南天丸の頭から肩にかけてを拭いた。おかげでわしの手は屍泥藻泥まみれじゃ。

「猿六。首に絞め跡がある。南天丸は首を絞められて殺されたんだっぺ」

「何ぃ？」

猿六より先に猩々翁が叫んだ。

「だだ、誰だ、そんなことをしたやつは!?　わしが喉笛を嚙み切ってやるわい！」

「落ち着けって言ってっぺよ」

鋭い牙をむき出す猩々翁を猿六がなだめる。その横でわしは疑問を浮かべた。

「猿六よ。おかしいぞ。南天丸は明け方、猿酒祭りが終わってすぐにこの小屋に帰ったはずじゃねえか？　誰かが一緒にこの小島に渡って南天丸を殺したあと戻ったんだったら、小舟がこっちにあるはずはねえ」

「そうだな。おれらが使うまで屍泥藻泥がついてなかったから、西の蔵の舟を使ったわけでもねえっぺな。ほいでさっき見たけど、岸には南天丸以外の猿はみんな集まってただ」

「いったい、どうやってここに渡ったっていうんだ？」

「さあな」と答える猿六の顔は楽しそうじゃった。「謎があったら解かねばなるめえ。とりあえず、小屋の中を調べてみっぺよ」

わしら三人は小屋へ入った。中には南天丸の好みなのか、人間が使う道具が所狭しと並べてあった。わしの目についたのは、木でできた動物の置物じゃった。耳が大きゅうて鼻が長くて、その鼻の上に載せられた器の中には何か黒い粉が入れてあった。

「猩々翁、これはなんだっぺ？」

猿六もそれが気になったらしく、猩々翁に訊ねていた。

「『ぞう』といって、天竺《てんじく》のあたりに住んどるでっけえ動物だそうじゃ。前にどこぞの旅の猿が持ってきたのを南天丸が手に入れたんじゃ」

「ほーう、珍しいの。それじゃ、これは？」

「そりゃ、遠眼鏡というて、覗《のぞ》くと遠くのものが見えるらしい」

「そういや、聞いたことがあるっぺ。……でも、片側に、ぎやまんの部品がはまってねえな」

「そういう壊れもんでも、南天丸は大事にしとったんじゃ。何しろ珍しいもん、中でも茶道具が好きでの、昨日の昼間も、屋敷にやってきた旅の猿からこの金ぴかの茶道具を手に入れとった」

たしかに「ぞう」の足元には、金ぴかの柄杓《ひしやく》と茶筅《ちやせん》、棗《なつめ》に水差《みずさし》、それに茶碗が大事そうに並べてあった。

猩々翁の話では、前日屋敷に来た旅の猿をエテ作が取次いだそうじゃ。旅の猿は、人間どもが捨てた金ぴかの茶道具があるから翡翠《ひすい》と交換してくれんかと言ったそうじゃ。猩々翁は茶道具には興味がなかったが、南天丸が金ぴかのものが好きだということを思い出し、旅の猿を下がらせてから呼び立てたところ、案の定ほしがったもんで、翡翠と交換してやったのじゃそうな。

「南天丸は喜んでの。さっそく茶道具を小屋に運び入れたんじゃ。……昨日はちゃあんとわしのことを褒《ほ》めてくれたのにのう。いったい誰じゃ、南天丸を殺したのは！」

「興奮すんなっての。やっぱり綿さんと二人で調べてえから、ひとまず帰ってくれるか？」

絶対に誰がやったかは突き止めてみせっからという猿六の言葉に従い、猩々翁は「それなら南天丸を葬ってやるべ」と、もともと南天丸が使っていた小舟で帰ることになったんじゃ。

小屋を出て、南天丸が横たわっている小舟に乗ったところで「およ」と猩々翁は妙な声を出した。

「おかしいのう。こっちの櫂には泥がついとらん」

わしは猿六と小舟に向かった。

たしかに二本ある櫂のうち、一本には泥がついとるが、もう一本はきれいなもんじゃった。

「南天丸は、いつもこの舟を一匹で漕いでおったんじゃから不思議はなかろう。一本は予備じゃねえのか」

わしが言うと、

「そうかのう、こうして二本で漕いでいったほうが早いがのう」

猩々翁は、二本の櫂を使って早々に小島を離れていったんじゃ。ふと振り返ると、猿六は小屋の東側に回り、向こう岸を眺《なが》めておった。岸の、池に近いところに立派な枝ぶりの樫《かし》の木が一本生えとったんじゃ。

「綿さん、あの樫の木とこの小島のあいだに綱でも渡せば、ほいほいと渡ってこれそうだっぺ。西の蔵ん中には、人間どもの集落から盗んできた綱がたーくさんあったっぺな」

　それはたしかじゃった。中にはかなり長い綱もあったはずじゃ。だがわしの頭には、疑問が一つ浮かんどった。

「綱をどうやって渡すんじゃ。投げ縄の要領か？　この島には引っかかるもんはねえぞ」

「その前にこの島まで綱を投げられる腕力がねえっぺな。青苔ならわからんが」

「あいつがやったのか」

「さあな」

　と言って、猿六はまた小屋に入っていった。わしも小屋でいろいろ調べたが、何も見つからん。猿六は小窓のあたりをいじっており、手元がなにやらぴかりと光っておった。

「何をしとるんじゃ」

「ああ、この窓から入れんかなぁと思うてな」

　妙なことを言い出すもんじゃとわしは思った。

「どう見ても猿が出入りできる大きさじゃねえな。それに出入りできたとしてなんだ？　戸口に鍵はかけられてねえ」

　そもそも、小島にどうやって渡ったかが問題であって、小屋にどうやって入ったかは問題じゃなかった。猿六はわしの言いたいことをわかってかわからずか、小窓の下から

「ぞう」の置物を振り返って満足げに笑った。

「不思議じゃのう、綿さん」

「何がじゃ」

「その茶道具、どう思う？」

「どうって……豪華だな。金ぴかでよ」

はぁあ、と猿六はため息をついた。

「綿さん。いつも言ってっペ。おめえは見てるだけで観察してねえのよ」

どういう意味かわからんかったで、わしは肩をすくめた。猿六は煙管をもてあそびながら「まあええ」と言った。

「岸に戻ろう。エテ作のところへ行くっぺ」

「エテ作？　どうしてだ」

「狸どものところさ、連れてってもらうのさ」

なぜ狸なのか、わけがわからんと思いつつもわしは猿六とともに舟に乗り込み、小島を離れた。どろりとした屍泥藻泥に差し込んだ櫂を力いっぱい操っていたところで、どっかん！　背後からものすごい衝撃を受けたんじゃ。

振り返ったときの驚きをわしは、昨日のことのように思い出せる。

小屋が爆発し、燃えておったんじゃ。

三、

赤尻平の中央を流れる小川に沿って、エテ作はちょこちょこと歩いていった。猿六とわしはその後をついていったんじゃ。目的地は狸たちが住んどるところじゃが、猿六がなぜ狸なんぞに会いたがっとるのか、わしはちいともわからんかった。猿六は歩きながらもすぱすぱ紫色の煙をふかしておったが、もうわしはそれを咎《とが》めんかった。そんなことより、もっとずっと気になることがあったからじゃ。

「なあ猿六、なんでじゃ。なんで小屋は爆発したんじゃ？」

「さあなあ」猿六は信じられんほどのんびりとしておった。「青苔が突き止めてくれるじゃろ」

爆発のことは猩々翁も他の猿たちも驚き、青苔をはじめとした猿たちが、二日酔いの頭を抱えて調査にあたることになったんじゃ。

「おいエテ作。今朝、おめえがおれたちの部屋に飛び込んできたときから気になってるんだがよ、そんな手袋してたか？」

「部屋を片づけとったら、前に拾ったのを見つけたんで、今朝から着けてます」

「ほうか。おれのじゃねえっぺな」

「おいらの手にぴったりです。猿六さんの手には小さいかと……」

「ほうだな。実はよ、昨晩失くしちまったみてえなんだ。見つけたら持ってきてくれるか？」

「わかりました」

エテ作は答えた。

「なあ猿六」わしはもやもやした心のまま、もう一度口を挟んだ。「おら、おめえの考えとることが全然わかんねえ。なんで狸どものところさ行くんだ？」

「さっきの茶道具のこと、思い出してみろ。何があった？」

「柄杓に茶筅、棗に水差、それから茶碗だ」

「足りねえもんがあっぺな」

「足りねえもん……」

わしは一つ、思いついた。

「茶釜か」

「んだ。ま、茶釜がなくても湯が沸かせねえことはねえが、あれだけ金ぴかでそろえられた茶道具の中に、茶釜だけねえっちゅうのは納得いかねっぺ」

「でも、それで何がわかるっちゅうんだ？」

「もどろ沼の泥をものともせず南天丸の小屋に入る方法よ。エテ作、昨日、旅の猿が猩々翁に茶道具を持ってきたのはいつだったっぺな」

エテ作は足を止め、くるりと振り返る。

「お昼すぎでした。猩々翁様のお部屋に、おいらがお連れしました。猩々翁様は茶道具の趣味はねえで、旅の猿をいったん下がらせてから金ぴか好きな南天丸さんを離れから呼び出して茶道具を見せました。南天丸さんが気に入ったので、猩々翁様はためてあった翡翠と引き換えに、茶道具を受け取ったんです」

「そのあと、南天丸は茶道具一式を持って小屋へ帰った。もちろん、その中には茶釜もあったんだっぺな」

「はい。そう思いますが……」

自信なさそうにエテ作は答えると、再び前を向いて先導をする。

「わかったっぺ、綿さん。その茶釜がさっき小屋になかったっちゅうことは……茶釜が南天丸を殺したんだっぺ」

わしは猿六の顔を見た。猿六は、いたって真面目な表情で煙管をくわえておった。

「おめえ、ムカデ草のやりすぎでおかしくなっちまったんじゃねえのか。茶釜が南天丸を殺したなんて」

「狸の化けた茶釜だとしたらどうだっぺ？」

すぱっ、と、猿六の口から紫色の煙が空に吐き出された。

「南天丸は狸を騙して自分の姿に化けさせ、恨みを持つ猿どもが待ち構えている家に差し向けて身代わりにしたっぺよ」

「猿蟹合戦の話か」

「んだ。もし身代わりにされた狸の親族が、南天丸が猩々翁の屋敷で生きてることを知ったとしたら、どうだっぺな」

「な、なるほど」

わしより先に、エテ作が言った。

「南天丸さんが金ぴか好きなのは、昔からちょっとばかり知られています。一匹の狸が金ぴかの茶釜に化け、仲間の狸が旅の猿に化けた。南天丸さんはまんまと茶釜を気に入り、自分の小屋へ持っていく……」

なんということだ。南天丸は自分を殺そうとしている相手を自ら小屋に運んだというのか。茶釜に化けた狸は猿酒祭りが始まるよりずっと前から小屋にいて、南天丸を殺すチャンスをうかがっていた――猿六はそう言うんじゃ。

「狸ってのは、自分より極端にちっこかったりでっかかったりするものには化けらんねえ。柄杓や茶筅は無理でも、茶釜なら化けられっぺな」

「しかしだな」わしの頭には新たな疑問が浮かんどった。「明け方になって猿酒祭りから帰ってきた南天丸を殺したのはいいとして、その狸はどうやって逃げたんだ？　南天丸の小舟は離れのある小島のほうにあった。猿も泳げねえ屍泥藻泥を、狸が泳ぎ切ったとは思えねえ。狸っていうのはたしか、鳥やこうもりに化けても飛ぶことはできんのじゃろ。水鳥や魚に化けても泳ぎ切ることはできん」

「殺してすぐには逃げなかったんだ。おれたちが島に渡ったときはまだきっと、建物の裏手にでもいたんだっぺ。思い出してみろ。おれが猩々翁にひとまず帰れって言ったとき、妙なことはねがったか？」

「妙なこと？」

「屍泥藻泥がついていてしかるべきものに、ついてなかったたっぺ」

わしは少し思い返し、「あっ」と声を上げた。

「櫂の一本には屍泥藻泥がついとらんかった。そうか。あ、あの櫂は狸だ、だったんか、か！」

猿六はにやりとした。

「やっとわかったな。おれたち三匹が小屋の中を調べとる隙に、本物の櫂のうち一本を沼の中に沈めちまって、自分が代わりに櫂に化けて舟底に転がってたんだっぺな。だども、証拠はばっちり残ったっぺ。なにせ猩々翁はそのきれいな櫂も泥につけちまったんだから。ありゃ、水で洗ってすぐに落とせるもんじゃねえべな」

わしは友人の明晰《めいせき》さに、改めて舌を巻く思いじゃった。茶釜に化けて小島に渡り、犯行後は櫂に化けて現場を離れる。こんな、狸にしかできない奇想天外な出入りの方法を、普通の猿には絶対に見破れん。
「小屋を爆破したのもそいつだって言うんだな。おれたちを吹っ飛ばそうとしたのか」
「さあな」
にやりと笑う猿六の頭の中には、その理由もからくりも、しっかり組みあがっている
ように見えたんじゃ。
「そういうことだったんですね」感動したようにエテ作が言うた。「猿六さん、あなた
は素晴らしい探偵です」
「よせエテ作。おれは探偵なんかじゃねえのよ」
猿六は否定したが、わしもエテ作と同じ気持ちじゃった。きっと、櫂に化けて島から
戻った狸は、猩々翁たちの姿が見えなくなってからすぐに屋敷を出て集落に戻ったに違
いない。泥のついている狸を探せば、事件は解決じゃ。
――ところが、そう簡単にはいかなかったんじゃ。
狸の住んでいるところへ着くなり、猿六は狸の長《おさ》に、すべての狸を集めるように命じ
た。見慣れぬ猿に長は戸惑っておったが、猿の命令を聞かぬわけにはいかぬと思ったの
か、すぐに一同を集めてくれた。
「これで、みんなです」
狸たちはたったの十四じゃった。わしと猿六、それにエテ作も手伝って、その狸ども

の体をくまなく調べたが、屍泥藻泥のついた狸は一匹もおらなんだ。

「本当にこれで一匹残らず集まってっぺな？」

「そうだー。あほー」

狸の長より早く、近くの木に留まっていたからすが鳴いた。猿六はそれを無視し、一同に別の問いをぶつけた。

「昨晩、この中に留守にしとったやつはいねえか？」

「いねえです」

狸の長ははっきり答えたんじゃ。

「なしてそんなことが言える？」

「昨日は腹打ち祭りでしたから」

日暮れから夜明けまで、ぶっ続けで腹を打ち続ける狸の祭りで、毎年秋の満月の夜に行われるのだということじゃ。猿酒祭りのとき、どこからかぽんぽこぽんぽこと太鼓のような音が聞こえとったことを、わしは思い出しとった。猿も狸も、祭りが好きなんじゃな。

「途中、一匹も欠けたものはおらんです。嘘だと思うなら、鹿や猪どもに訊いてみてくだせえ。あいつらも周りで見とったから」

「嘘じゃねえー。あほー」

からすの鳴き声に眉間の皺を深くした猿六じゃったが、新たに問うた。

「この中に、南天丸の身代わりとして殺された狸の親族はいるっぺか？」

狸たちはある一匹に目を向けた。目つきの鋭い、若い狸じゃった。

「おめえか。名は何というっぺ？」

「栃丸《とちまる》だ。何を訊きてえか知らねえが、おらも昨晩、ずっとみんなと腹を叩いてた。眠くてかなわねえ、早く寝かせてくれ」

「南天丸が憎いか？」

南天丸が猩々翁の屋敷でひそかに暮らしていることは、他の動物はおろか、屋敷の外の猿にすら秘密だ。わしらも南天丸のことは一切口にしていない。猿六がおかまいなしに言ってしまうんじゃないかと、わしは冷や冷やした。

「憎んでもしょうがねえ」

栃丸は答えた。

「どこへ行っちまったか知らねえし、近づけねえなら殺せねえ」

そのとき、ぴくりと猿六の鼻が動くのがわかった。猿六は腰にぶら下げていた火打ち石を取り出し、かちかちと打ったんじゃ。

「この音は好きだか？」

猿六の問いに、栃丸は何も答えなかった。猿六は火打ち石を腰に戻した。

「よかろ。もうこの狸たちには用はねえ。綿さん、エテ作、行くっぺよ」

くるりと狸たちに背を向け、紫色の煙をくゆらしながら猿六は歩いていく。わしとエテ作はその背中を追いかけた。

「どこ行くんだ、猿六。茶釜と櫂が狸だったってのは外れか」

「いんや確信した。おれの推理は当たってるってな」

「しかし、狸たちはみんな……」

「赤尻平の狸じゃなかったってだけの話よ。エテ作、立林へ通じる道はどこだったっぺな？　案内してくれ」

わしは驚いた。

「立林の狸だってのか？　南天丸に恨みはねえだろ」

「どうして昨晩を選んだのか、やっとわかったんだっぺ」わしの問いに対する答えになっていなかった。「栃丸のやつは不在証明がほしかったんだ。夜通し腹太鼓を叩いてたなんて、これ以上確実な証明はあるめえ」

猿六はうんうんとうなずくばかり。わしはまったくわからん。そうこうしているうちに、赤尻平の外れの森にやってきた。急な斜面の藪《やぶ》の中、細い獣道がある。もっとも、わしら猿は律義に斜面を歩いていかなくても、木々の枝を使っていけば山なぞ簡単に下りていけるがの。

「おいらはここで。赤尻平を離れるには、猩々翁の許しがいりますから」

獣道を前にして、エテ作は言った。

「ほうか。いろいろ悪かったっぺな。解決したら、おめえに一番に言うからよ」

「はい。お気をつけて。手袋、探しておきます」

「頼むっぺな」

手を振るエテ作を残し、わしらは立林を目指した。

四、

立林への道々、猿六に聞かされた推理に、わしは驚くほかなかった。猿六と過ごした日々は驚くことばかりじゃったが、そのときほど自分の耳が信じられんかったことはない。

まさかそんな無茶なことはあるまいとわしは思うとったが、立林に到着してすぐに聞き込みをかけた年寄り猫の話で、猿六の推理が真実味を帯びてきたんじゃ。

「うさぎの勘太はにゃあ、何者かに殺されたんじゃにゃあ」

しわがれた声でその猫は言うた。

勘太は、麦じいが話しとった「かちかち山」のうさぎじゃ。人間なんぞと仲ようし、狸の茶々丸を痛めつけたうえに溺れ死にさせた勘太は、七日前に死んどった。

「首に縄を巻き付けられてのお、茶々丸が溺れた湖にぷーかぷか、浮いとったにゃあ」

「殺した者の目星はついたっぺか」

「そりゃ、勘太が殺されていちばん怪《あや》しまれたのは、茶々丸の弟の茶太郎《ちゃたろう》だにゃあ。じゃが、茶太郎には無理だってことがわかったんだにゃあ」

「どうしてだ？」

「……猿どん、あんたの吸っとるその煙管を、わたしにも吸わせてくれんかにゃあ。そうしたら教えたるにゃあ」

「おお、吸え、吸え」

猿六の差し出した煙管を猫はくわえると、目やにのこびりついた目を細めて思いきり吸い込み、「ほにゃあああ」と豪快に紫色の煙を吐き出した。

「こりゃ上物だにゃあ〜」

「話のわかる猫どんだ。おれはこれを吸うと、頭ん中で物事がしっかり整理できるのよ。ほらもっと吸え」

「もらってばかりで悪いにゃあ。猿どんにはこれをあげるにゃあ」

猫はどこからか魚の切れっぱしを出した。これがまた、色がおかしくてどう見ても腐りかけじゃったが、「わりいの」と猿六はつまみ上げてぺろりと食ってしもうたんじゃ。

「猿六、そんなもの食うな」

「あ? せっかく猫どんが分けてくれたのに断れっかい。ほんに、医者ってのは頭が固くてだめだぁ」

「医者に何がわかるにゃあ。医者をありがたがるのは阿呆《あほう》の犬と、もっと阿呆の人間だけだにゃあ」

「うるさいっ!」わしはやつらの会話を断ち切った。「猫どん、はよ教えてくれ。どうして茶太郎には勘太を殺せなかったんだ?」

「勘太はその日の夕刻には生きとって、見つかったのは酉《とり》三刻(午後六時すぎ)だにゃあ。そのあいだ、茶太郎は仕事をしとったにゃあ」

「仕事?」

「茶太郎は兄貴が殺されて天涯孤独になってから、いろいろあって長兵衛《ちょうべえ》という人間に拾われたにゃあ。長兵衛は興行師で、茶太郎は得意の化け術を生かして、夜な夜な人間の前で芸を見せてるにゃあ。ま、それで金っていうやつをもらって生活しとるんで、養われてるのは長兵衛のほうかもしれんにゃあ」

ほわあと猫はあくびをした。

「もっとも、それを言ったら立林に住む者はみーんな茶太郎に養われてると言ってもいいにゃあ。あちこちから茶太郎の芸を見にくるやつらが飯を食い、土産物を買っていくでにゃあ。贅沢《ぜいたく》になった人間どもの食べ残しで、わしもうまいもんにありついとるにゃあ」

「話を戻すっぺ」

猿六は、茶太郎が人間どもの役に立っとるという話には興味がないようじゃった。

「勘太が殺されたまさにそのとき、茶太郎は人間どもの前で芸をしてたんだっぺな？」

「そういうことにゃあ。かくいうわしも見とったで、間違いにゃいにゃあ」

これを聞いてわしは確信したんじゃ。――絵空事と思うとった猿六の推理が正しいことをの。

「なかなか面白ぇ猫だったっぺなあ、綿さん」

猫のもとを去るとき、猿六は上機嫌じゃった。

「ムカデ草の味もちゃあんとわかるしよ」

「おめえもあの猫も早死にするぞ」

「論理的にものを考えられねえくれえに衰えて生きてる自分を想像するだけで、身震いすっぺ。そんな無様な老猿になるくれえなら、早死にしたほうがましっつうもんだ」

本当に減らず口なんじゃ。わしが言い返そうとしたそのとき、

「いたたたた！」

突然、猿六は腹を抱えてうずくまった。お気に入りの煙管を、地べたに落としちまう

くらいの痛がりようだった。

「どうした猿六？」

「は、腹が、いたた……急に」

さっき猫からもらったゴミ同然の魚に違いない。わしはあたりを見回し、都合のいいことにゲンノショウコが生えているのを見つけた。すぐさま摘んで、猿六に渡したんじゃ。

「おい猿六、これを食え。腹痛に効く」

「すまねえ綿さん。……ああ、でも、茶太郎のところへいかねえと」

「そんなに脂汗をかいて何を言うんじゃ」

「おれたちが嗅ぎまわってることに気づいて、茶太郎が逃げちまったらどうすん……あー、いたたた！」

わしは、猿六の口に無理やりゲンノショウコをねじ込んだ。

「おめえはここさ休んでろ、猿六。おらが代わりに茶太郎に会ってくるからよ」

「な、なんだと？」ゲンノショウコをもぐもぐやりながら、猿六はわしの顔を見たんじゃ。「綿さんにそんなことができるだか？　茶太郎を引っ張ってくることが」

「茶太郎を引っ張ってくるのはおらじゃねえ。おめえの推理だ」

猿六は目を見開いたんじゃ。

「おらはおめえの推理を信じてんだ。あとはおらがちゃんと証拠を見つけてくる。それとも、おらのことを信用できねえだか？」

「いいや」

猿六は首を振った。

「綿さん。おめえはおれの信用するいちばんの相棒よ。……いてて。わかった。今回は綿さんに甘えるとすべえ」

猿六は、道端の草の中に寝転がったんじゃ。

五、

茶太郎を探すのに、それから少しばかり時間がかかった。日が傾きかけ、あたりが真っ赤に染まったころ、ようやく汚い小屋の裏で茶太郎を捕まえることができたんじゃ。廃業した醬油屋《しょうゆや》らしく、醬油臭い樽《たる》がそこらに置きっ放しにされとった。

「な、なんだ、おいらに用事って」

生意気に人間のような服を身にまとった茶太郎は、わしを見て震えんばかりの顔だった。

「おらは赤尻平の猩々翁の屋敷で世話になっとる旅のもんだが、今朝、翁《おう》の離れで、南天丸が殺されとるのが見つかった」

「なんてんまる……なんのことだか……」

「猩々翁の手下の猿よ」

前日に南天丸が金ぴかの茶道具を手に入れたこと、死体のそばから茶釜が消えたこと、その茶釜が狸だとしたらすべての説明がつくが、赤尻平の狸たちは腹打ち祭りで夜通し腹太鼓を叩いておったために犯行は不可能じゃったこと……その日見てきたことを、わしはすべて話した。

「南天丸はかつて、赤尻平の栃之介《とちのすけ》ちゅう狸を死なせとる。その狸の息子が怪しいとおらは思ったが、そいつは一晩中腹打ち祭りに参加しとった。おらはぴんときて、立林で聞き込みをしたらどんぴしゃだぁ。ちょっと前に、狸の茶々丸を殺したうさぎの勘太が、何者かに殺されたっていうんだからな」

そしてわしはついに、猿六の導き出した答えを口にしたんじゃ。

「こいつは交換犯罪だ。ここに、甲と乙という二匹の狸がおるとする。甲はうさぎの勘太を、乙は南天丸を殺してえ。だがまともに殺したんじゃ、どっちもいちばんに怪しまれちまう。そこで甲と乙は協力する。乙がうさぎの勘太を殺し、そのとき甲は絶対に勘太を殺せなかったように自分の姿を大勢の前にさらしとく。甲がやったんじゃねえことは誰もが知っとるようにな。そして後日、甲はお返しに南天丸を殺す」

坊はもうわかっとると思うが、もちろん乙はそのとき、大勢の前に自分の姿をさらしておくんじゃ。こうして、自分とはまったく因果のない相手を殺し合うことで、お互いの不在証明を確固たるものにするのが交換犯罪じゃ。残忍じゃが、知恵があるじゃろう。

「今の話に出てきた甲はおめえだ」

わしは茶太郎を告発した。茶太郎は目を真っ赤にしてわしを見つめとったが、

「知らねえ……」

かげろうが鳴くくらいの声で言うた。わしは一つ、策を思いついた。

「猩々翁の手下たちが、そろそろあの狸をしょっぴく頃だっぺな」

「しょっぴく?」

「かつて南天丸におやじを殺されたあの狸よ。痛めつけりゃ、すぐに吐くっぺな」

「そんな、栃丸は……!」

「おんや?」

茶太郎はまんまとはまりよったんじゃ。

「おらは〝乙〟のほうの狸の名前は言ってねえがな、なんで栃丸って名を知ってるんだ?」

茶太郎はもう抗弁できず、ただ、立ちすくんでおった。わしは勝利を確信し、茶太郎の足を指さした。

「はじめから言い逃れはできねえのよ。その足としっぽ、白い泥がついてるっぺ。南天丸が寝起きしとった小屋、周りは泥の沼だったろ？　その泥は、洗っても落ちねえのよ」

わしは、南天丸の顔を拭った時に自分の手についた屍泥藻泥を見せたんじゃ。すると、言い逃れができんと悟ったのじゃろう、茶太郎はじっとわしの手を見たまま震え出した。がたり、とそのとき背後で何かの音がした気がしたんじゃ。振り返ると、古い樽が少し揺れておった。誰かおるのかと思うたが、

「お、おら……」

茶太郎が再び話をはじめたので、顔を戻したんじゃ。

「そうだよ。栃丸の計画に乗ったんだ。うまくいくと思ったのに……。でも、見破られたならしかたねえ。あんたと一緒に赤尻平に行くよ。行って本当のことを話すよ」

覚悟を決めた顔だった。あの顔を思い出すと今でも胸が締め付けられる。兄を殺された無念を晴らしたかった気持ちも痛いほどわかった。だがわしには猩々翁、いや猿六を裏切ることはできなんだ。

「来てくれっか」

「うん。だけど、一つだけ頼みがあるんだ」

「頼み？」

「もうすぐ見世物の時間がはじまるんだ。今日もお客さんがたくさん集まってる。おら、長兵衛さんを裏切るわけにはいかねえ。せめて、今夜の見世物には出演させてくれねえか」

わしは少しばかり考えた。

「おめえは、人間なんぞのいいなりになって恥ずかしくねえだか？」

「ちっとも恥ずかしくねえ。人間だって生き物だ。みんながみんな残忍なわけじゃない。優しさも思いやりも弱さもある。おら、長兵衛さんに拾われて、本当に幸せなんだぁ」

茶太郎は、目をきらきらさせておった。

「おら、たくさん稼いで、長兵衛さんと一緒に伊勢参りに行くのが夢なのさ」

まるでまた立林に帰ってこられるような言い草だった。赤尻平へ出向いて、猩々翁の前に引き立てられたらただで済むわけなどないのに。

わしは、余計な情が湧く前に口を開いたんじゃ。

「よし。見世物には出てくればええ。終わったらすぐに赤尻平に行くでな」

「うん。約束するよ、ありがとう」

ちゃたろーう、という声がどこからともなく聞こえてきたのはそのときじゃった。

「じゃあ、行くね」

茶太郎は去っていった。いつの間にやら日はとっぷりと暮れておった。わしはすぐに、友人の休んどるところへと戻った。

「おめえ！」

猿六は右手を枕にして寝転がり、性懲《しょうこ》りもなく煙管をふかしてムカデ草を吸っておった。落ちている灰の量から見て、わしが行ってからすぐに吸いはじめたようじゃった。

「おお、綿さん。まだ少し痛えが、腹痛はだいぶよくなった。ムカデ草は百薬の長、とはよく言ったもんだな」

「んなことは、誰も言ってねえ」

「それよか、茶太郎はどしたっぺ？」

今あったことを話すと、猿六はむくりと起き上がったんじゃ。

「茶太郎が逃げちまったらどうすんだっぺ」

「あいつはそんなこと、しねえ。覚悟を決めた顔だったでな」

「優しすぎるのが、綿さんの弱点だっぺな」

猿六は腹を押さえながら立ち上がった。よろよろと、人間の集落のほうへ歩きはじめる。

「どこさ行くんだ？」

「決まってっぺ。見世物を見に行くのよ。きちんと見張ってなきゃなんねえ」

そんなに疑わなくてもと思ったが、わしも見世物には興味があったので、よろめく猿六を支えながら一緒に行った。

見世物の会場はすぐにわかった。どんどんかんかんと鳴り物の音が聞こえたし、真っ赤な提灯《ちょうちん》が五十くらい飾られていた。わしらは人間どもに見つからんように、近くにあった家の屋根によじ登って舞台を見下ろしたんじゃ。

広い板の間の背後に、季節外れの桜の絵が描かれた板が立てられとった。舞台両脇にはぶっとい杉の木が生えとって、そこに綱が一本、渡されておった。人間の客どもは百匹くらいいたかのう。舞台と客席をはさむように十くらいかがり火が焚《た》かれておって、それはもう明るかった。

「さあさ、お立合い！　今から、世にも奇妙なぶんぶく茶釜をご覧にいれましょーう！」

桜色の法被《はっぴ》を着た雄の人間が大声を張り上げた。長兵衛じゃろう。客が見守る中、長兵衛は一度、板の後ろに回ったかと思うと、大きな茶釜を抱えて戻ってきた。

舞台のど真ん中に置かれた茶釜は、しばらく動かなかったが、やがてひとりでに右に左に揺れだし、ごろごろと舞台を回りはじめた。人間どもがざわめきはじめると、茶釜はまた舞台の真ん中で止まった。ででん、と長兵衛の叩く太鼓に合わせ、ぴょこんと尻尾が出てくる。続いて前脚、後ろ脚、最後に狸の顔が出てくると人間どもは大喜びじゃ。

「ほーう、なかなか面白えな」

腹の痛みはどこへやら、猿六は煙管をふかしながら、舞台を踊りまわる茶太郎に感心しとった。まったく暢気《のんき》なもんじゃと舞台に目を戻したとき、おやと思った。綱の張られておる右側の杉の幹を、何やら黒い影が降りていくのが見えた気がしたんじゃ。目をこすってよう見たが、もう何も見えんかった。

「さあ、まだまだ終わりではござりませぬ」長兵衛がまた、声を張り上げた。「いよいよ大技。なんとこのぶんぶく茶釜、今から綱渡りをご覧にいれますする！」

胴が茶釜のままの茶太郎は器用に杉の幹を登っていった。そこに置いてあった傘を開き、人間のように二つ足になって、右の後ろ脚を綱に乗っけたんじゃ。人間どもとわしらが見守る中、茶太郎はゆっくりと綱を渡っていく。人間に愛想を振りまくことも忘れず、渡されとる綱の真ん中あたりまでやってきたんじゃ。

「さあて皆さま刮目《かつもく》あれ！　今からぶんぶく茶釜が宙返りをいたしまする！」

でんでんでん……長兵衛が太鼓を小刻みに叩く。茶太郎は傘を投げ捨てると、太鼓がでんと大きな音を立てるのに合わせ、綱の上で飛び上がり、くるりと回った。宙でそえられた後ろ脚で再び綱に乗ろうとした――そのとき！

ぶちり。

杉に結ばれている近くで綱が切れ、人間たちがあっと叫ぶ間もなく、茶太郎は舞台の板の上にどでーんと叩き付けられたんじゃ。

「茶太郎っ！」

太鼓のばちをかなぐり捨て、長兵衛が飛んでいきよった。茶太郎は口から血を流し、四肢をだらりとさせとった。

もう手遅れであることは、屋根の上からでもわかったんじゃ。


その日も真夜中になると、月は天のてっぺんに昇った。

人間どもがいなくなり、提灯もかがり火の明かりもなくなった舞台に、わしと猿六は上がったんじゃ。茶太郎の血がまだしっかりと残っていて、わしは思わずため息が出た。

「茶太郎にとってはむしろ、よかったのかもしれねえな」

「綿さん、そりゃどういう意味だっぺ」

猿六は切れた綱を拾い上げておった。

「見世物が終わったら赤尻平に行くって言ってたんだ。猩々翁にすべてを告白したら、茶太郎はおそらくなぶり殺しにされたっぺな。それよりは事故で一気に死ねたほうが……」

「事故だって？」猿六は綱の切れた端を差し出してきた。「よく見ろ綿さん。これでも事故だと言えっか？　あ？　刃物で切り込みが入れてあるっぺよ」

綱の切れた端。たしかに猿六の言うとおりだった。

「茶太郎はよ、殺されたのよ」

わしはぞっとした。

「ど、どういうことだ、猿六。誰に殺された？」

問いには答えず猿六は、またあの煙管を取り出して、かちかちと火をつけたんじゃ。

「やーっと、いろいろつながってきたっぺな」

月明かりの下で、ムカデ草の煙はあやしく天に昇っていった。

六、

そのあとわしらは、夜通し山道を歩いて赤尻平へ戻ってきた。一日に五里を往復するのは猿にとってもきついはずじゃったが、猿六はむしろ往路より生き生きとして枝から枝へ飛び移り、時折「よぉーほぉー！」などとわけのわからん叫び声を上げておった。ムカデ草が頭に回っておったんじゃろうの。

高揚しきったあとで、ぷつりと糸が切れたようになってしまうのもまた、ムカデ草の怖いところじゃ。猩々屋敷の長屋、《二二一ノ乙》へたどり着くなり猿六はばたりと倒れ、そのまま死んだように眠ってしもうた。わしもすぐに目を閉じ、この刺激的な一日の幕を閉じたんじゃ。

翌朝、猿六はわしより先に起き、縁側で逆立ちなんぞをしとった。真相について訊ねたが、前の日とは違って、なーんにも教えてくれんかった。

「おはようごぜえます」

エテ作が朝食を運んできたのは、すぐあとのことじゃ。膳を持つ手がおぼつかんかった。

「エテ作。やっぱりおめえ、手袋なんぞしてるから滑ってしょうがねえんじゃねえのか」

猿六が指摘した。

「いえ、そんなことありません。それより、昨晩は遅いご帰還だったようですね。収穫はありましたか」

「おおありだっぺ、のう、綿さん」

わしは、あいまいにうなずくことしかできなんだ。

「エテ作、飯が終わったらもどろ沼んところにみんなを集めとくよう、猩々翁に伝えてくれ」

こうして、もどろ沼の岸辺に猩々翁の手下たちは集められた。すべてを飲み込むような底なしの屍泥藻泥の向こうには、南天丸が住んどった小屋の残骸がある。黒焦げの柱が一本立ち、他はほとんど炭じゃった。

「青苔、小屋の爆発の原因はわかったか？」

猿六の問いに、青苔はふん、と鼻息を荒くした。

「火薬だど」

「んなことはわかっとるべ。火薬ってのは、熱があって初めて爆発すんだっぺ。その熱をどうしたかって聞いてんだ」

青苔は何も答えなかったんじゃ。

「……ほんにおつむの悪《わり》ぃ猿ばっかだな。おれが教えてやっぺ。遠眼鏡のれんずを使ったのよ」

「れんず？」

「遠眼鏡についとる、ぎやまんの部品だっぺ。あれは、おてんとさまの光を一点に集めて、あっつくできるのよ。小屋の、おてんとさまの光の当たるところに置いといて、光が集まるところに火薬を仕掛けておく。おてんとさまの角度がいい塩梅《あんばい》になると、火薬が爆発すんだっぺよ」

わしを含め、誰もがその説明を啞然《あぜん》として聞いておった。猿六がいた小屋の窓のところで、ぴかりと光ったのは、そのれんずだったのじゃろう。

「おお、おお……」

猩々翁は、真っ赤な顔をぶるぶると震わせた。

「かわいそうな南天丸。殺されただけでは済まず、そんな奇妙な方法で住まいまで吹き飛ばされ……猿六、誰がやったんじゃ？　早くそいつの名を言うんじゃ。わしの知るいちばん苦しい方法で処刑してくれるわ！」

ぎしゃああっ、と牙をむき出す猩々翁に皆は震え上がった。

「落ち着いてけろ猩々翁。今から順々に話すからよ。まず、南天丸を恨んどる者は誰かを考えるっぺ。南天丸がかつて身代わりにした、栃之介という狸を知っとるか？」

「ああ。屋敷の外のやつらに、自分が死んだと思わせるために南天丸が利用した狸じゃな。ほいで、自分が死んだことに信憑性を持たせるため、『猿蟹合戦』ちゅう昔話を作って広めた。ほんに頭のいい猿じゃ、南天丸は」

「その栃之介の息子、栃丸が南天丸を恨んどった。栃丸は南天丸がこの屋敷に住んどることに気づいて、復讐を計画したんだっぺ」

「何だと？」

再び牙をむき出す猩々翁のそばで、へっ、と笑い声がしたんじゃ。青苔じゃった。

「狸の栃丸なら、昨日おれも会いにいったど。あいつらは夜通し腹太鼓を叩いとったんだど。わかったかこの間抜け」

「間抜け呼ばわりするのは勝手だがな、あらゆる可能性を考えてからにすべきだっぺ。狸たちの交換犯罪とかな」

猿六は青苔に鋭い視線を送ったあとで、猩々翁をはじめ、その場の猿たちに栃丸と茶太郎の交換犯罪のことを話した。実際に立林に赴《おもむ》いて、うさぎの勘太が殺された事実をつかんだこと。茶太郎を問い詰め、計画に乗り、茶釜に化けて南天丸の小屋に乗り込んだことを白状させたこと――。

「たまげたのう！」

そう叫んだのは、麦じいじゃった。

「まさか、わしがおめえに聞かせた『かちかち山』の話が、そんなふうに南天丸のことと関わってたなんて」

「そ、そんなことはどうでもええわっ！」

猩々翁が後ろ脚で地べたを踏み鳴らした。

「その茶太郎という狸はどうした？　なんで連れてこなんだっ？」

「死んだんだ」

猿六より先に、わしが告げた。茶太郎はぶんぶく茶釜の見世物の最中、綱から落ちたのだと――。

「死んだのか」猩々翁は天を仰いだ。「罰があたったんじゃろうな。化け術を使って猿を殺そうなどと、身の程知らずの狸めが」

「そう決めつけるのはまだ早《はえ》え」

猿六はぴしゃりと言った。

「茶太郎が落ちた綱を、おれと綿さんでよくよく調べたのよ。そしたら、刃物の切り込みがあった。茶太郎は、何者かに殺されたんだっぺ」

「殺された？　……はぁあ、そんなことする狸だ、他からも恨みを買っとったんじゃな」

「茶太郎は、立林の人間どもには人気じゃった」

猩々翁に反論したのは、わしじゃ。

「茶太郎を見ようと遠方からも人間がきて、立林の街は賑《にぎ》わっとったそうじゃ。自分らを潤《うるお》わせる茶太郎を、人間が殺すことはありえねえ」

「綿さんの言う通りだっぺ。で、人間以外で刃物を扱える生きもんといえば猿ってことになる。まあ、猿か人間かに化けた狸でもできねえことはあるめえけど、狸同士が殺し合うとは思えねえ」

猿六の言葉に、皆はぴりっとした。ようやくそこで、わしも知らん猿六の推理がはじまったわけじゃ。

「猿が茶太郎を殺したと？　なぜじゃ。そいつが早々に南天丸の仇を討ったというのか」

「猩々翁には悪ぃが、南天丸の仇を討つためにわざわざ立林まで行くような猿は赤尻平にはいねえ。むしろ逆だ。その猿が、南天丸を本当に殺したやつなんだっぺ」

猿たちは絶句していた。猿六は続けたんじゃ。

「昨日、小屋へ潜入することに成功した茶太郎は、南天丸を殺す機会をじっと茶釜のまま待ってたんだ。猿酒祭りがようやく終わって帰ってきた南天丸が眠りこけて、いざ殺すっぺってなったとき、もう一匹の猿が小屋に入ってきた。茶釜が狸だとは思いもしねえそいつは、誰も見てねえと思って、さっき話した火薬の仕掛けをしていったんだ。朝になって、おてんとさまが昇ったときに、小屋ごと南天丸を吹き飛ばそうと思ってな」

猿六はぺろりと舌を出して、唇を舐《な》めた。

「だが、そいつが仕掛けをしたそのとき、南天丸は目を覚ました。侵入してきたそいつのただならぬ殺気に南天丸は命の危険を感じ、助けを呼ぼうとしたっぺな。そいつは必死の思いで南天丸を絞め殺したが、そのときもみ合った衝撃で、せっかく仕掛けたれんずがずれてしもうたんだっぺ」

「そんな馬鹿な」わしは思わず口を挟んだ。「茶太郎は自分が殺したと言ったぞ」

「本当か？『栃丸の計画に乗った』と言っただけじゃねえか？」

猿六を含む何十四かの猿に見つめられながら、立林の醤油臭い小屋裏でのことをわしは思い出していた。たしかに茶太郎は、「南天丸を殺した」とはっきりと言ってはいなかった。そればかりか……

「『あんたと一緒に赤尻平に行くよ。行って本当のことを話すよ』。茶太郎はそう言っていたっけ」

あれは「自分が殺したと告白する」という意味じゃなく、「自分が見た、本当の殺害犯について話をする」ということだったんじゃ。

「茶釜に化けて猩々屋敷に潜り込んだだけで、猩々翁の機嫌を損ねるのは明らかだからな。綿さんについてくだけでも、けっこうな覚悟だったたっぺな」

わしの中に、猿六の推理を裏づけるものがもう一つ浮かんできた。長兵衛といつか行きたいと言っていた伊勢参りの話じゃ。まるで、また立林に戻ってこられるような口ぶりだとわしは感傷的になっておったが、茶太郎は本当に戻ってくるつもりだったんじゃ。なにせ、殺していないんじゃからの。

「待て待て」

馬鹿にしたように言ったのは青苔じゃった。

「猿六、おめえは大事なことを忘れてっど。もどろ沼には普段、舟は一艘しかねえど。猿酒祭りが終わって南天丸が戻ったあとなら、舟は小島のほうにあるはずだど。もう一艘の舟に泥がついてねかったことは、昨日おめえが確認したど。殺したそいつは、どうやって小島に渡ったんだど」

「ああそれだな。みんな、こっちさ来てくれっか」

猿六は池の東岸に沿って歩き、樫の木のふもとで立ち止まった。ぐるぐると巻かれた綱が置いてあった。

「さっき、運んどいてもらったんだっぺ」

「はっは。猿六はまぬけだど。綱なんかで渡れねえど。あの黒焦げの柱に向かって投げ縄でもすんのか」

「あまりに単純すぎて、思いつかんのだっぺな」

猿六は綱の端を持ち、するすると樫の木を登っていくと、かなり高い位置の幹にしっかりと綱を縛って降りてきた。そして、もう一方の端を持ち上げ、青苔に押し付けた。

「おめえ、この端っこを握ったまま、もどろ沼を一周してこいや」

青苔は面白くなさそうだったが、猩々翁が黄色い目で睨んどったで、言われたとおりに一周してきた。綱はじゅうぶんに長く、池を一周してもまだあまりあるほどだった。

「ごくろうごくろう」

猿六は青苔から綱を引き取り、再び樫の木に登って綱を手繰り寄せた。するとどうじゃ、綱は黒焦げの一本柱に引っかかり、樫の木から小島に綱が渡されたんじゃ。沼の中を引きずられた綱には、屍泥藻泥がたくさん付着しとった。

「今は小屋が燃えちまったからなんとも頼りねえが、小屋があったら庇《ひさし》に引っかかって、確実な渡し綱になるっぺ。わしら猿は狸と違って、綱なんざほいほいと渡っていけるわな。綱は、南天丸を殺して岸に戻ったところで、沼に沈めてしまえばいいっぺな」

「こっ、こんな仕掛け、猿酒で酔っ払ってできるわけねえど」

「いいや！」猩々翁が叫んだ。「いくら飲んでも全く酔わねえやつがいただ！」

一同の目がそちらのほうへ向く。麦じいだった。

「麦じい、そういやおめえは南天丸にいっつも食い残しを投げ付けられて馬鹿にされとったな」

「待て待てい。酔いはせなんだが、わしだって夜通し飲むのは疲れたわい。部屋に帰ってぐっすり寝た」

「麦じいには無理だっぺ」

猿六は落ち着いて、布で吊られた麦じいの腕を指さした。

「いくら猿だって、腕の骨が折れていたら、綱を伝って小島へ行けるはずがねえっぺ」

「じゃあ誰だっていうんだ、早う教えんかい！」

詰め寄る猩々翁に、猿六は言うたんじゃ。

「まだいるっぺや。酔っ払ってなかった猿がよ――」

猿六が視線を向けた方向には、白い手袋をはめた小さな猿がいた。

「エテ作……お前が……？」

あまりに意外だというように、猩々翁はつぶやいたんじゃ。猿六はゆっくりとうなずいた。

「あらゆる可能性を排除していったとき最後に残った説が、真相なんだっぺ。たとえそれがどんなに意外でもな」

「違いますよ、猿六さん。おいら……」

「考えてみれば、昨日、狸たちのところへ行く途中、おれはお前に推理を話していたんだっぺな。金ぴか茶釜が狸だったことにそこで気づいたおめえはびっくりしたっぺな。ほいで、おれらを見送ったあとで追うようにこっそり立林へやってきて、うさぎの勘太に兄を殺された狸を探したんだっぺ。綿さんと茶太郎のやりとりも、聞いていたんじゃねえのか」

わしは思い出しとった。そういえばあのとき、醤油の樽の後ろでがたりと何かが音を立てなかったか。見世物舞台の杉の木を降りていった黒い影も……

「違います。全然おいらは。立林なんて……」

「エテ作よ。見ての通りこのやりかたで綱を張ると、どうしても屍泥藻泥が綱についちまうのよ。ってことは、これを渡っていったやつの手にはついとるっぺな、証拠が」

猿六の言葉が終わらないうちに、周囲の猿たちはエテ作を取り押さえ、手袋をはぎ取った。小さな手にはべっとりと、白と緑の混じった泥がついておった。

猿六は煙管をくわえ、かちかちと火打ち石を鳴らして火をつけた。ムカデ草の紫色の煙が漂いはじめた。

「エテ作のおやじは昔、外で後ろ足を鉄砲で撃たれたっぺ。そのときの傷がもとで一年前に死んだって聞いた。そのとき鉄砲を撃ったのが、南天丸なんだっぺ」

「ああっ！」猿たちの下敷きになったエテ作は叫んだ。「そうだっ。南天丸！　あんな猿は死んで当然だ、あんな猿は！　でも……ち、違う……」

「言い逃れをしようっていうのか」

「おいらは南天丸を絞め殺そうなんてこれっぽっちも考えなかった。生きたまま吹っ飛ばしてやろうと遠眼鏡のれんずの仕掛けをして、すぐに帰ったんだ。ところが今朝、時間になっても火薬が爆発しなかった。心配になって見にいったら、南天丸が死んでるのが見えたんだよっ！」

悪鬼のような猩々翁に、エテ作は訴えたんじゃ。

「おいらは殺してない。誰か別のやつがおいらの仕掛けを外して、南天丸を殺したんだっ」

「見苦しいぞ、エテ作」

「嘘じゃない！」

「連れていけぇーっ！」

「あああああっ！」

猩々翁の号令とともに、エテ作は猿たちに引っかかれながら、どこかへ連れていかれた。猩々翁は悲しげな顔をして、それを見送っていたんじゃ。

それ以来エテ作の姿を見ることはなく、わしと猿六はほどなくして猩々翁の屋敷を出た。

これで、この話はおしまいじゃ。

七、

ん、どうした？　まだ眠れんか。

……何？　エテ作が南天丸を殺したとは信じられんじゃと？　坊、猿六が言うたとおりじゃ、あらゆる可能性を排除したとき……ん？

……ふむ。猿六の推理どおり、火薬と遠眼鏡の仕掛けをしているあいだに起きてきた南天丸を殺したのだとしたら、れんずの仕掛けをそのままにする意味がなかったと。復讐は済んだのだから、小屋を爆発させるなんてことはせず、南天丸の死体が発見されるのを待てばよかった。そういうことじゃな。

…………。

……坊は、頭がえぇのう。

白状しようの。わしはあの日、猿六から推理を聞かされたとき、そんなことには考えがおよばんかった。猿六があまりに自信満々じゃったし、猿たちはすっかり猿六のことを信用して興奮しとった。

じゃが……猩々屋敷を発《た》って旅を続けながら折に触れて事件のことを思い返すとき、少しずつおかしいところが見えてきたんじゃ。

坊は他におかしいところがわかるか。

……ふむ。エテ作の最後の告白が真実だったとすると、エテ作が綱を使って小島に渡り、れんずの仕掛けをしたところは、茶釜姿の茶太郎に目撃されとったことになる。狸のところへ向かう途中で猿六の推理を聞いてそれを知ったエテ作には、目撃者の茶太郎を殺す動機ができた。じゃから、エテ作がわしらのあとを追って立林へきて、見世物の綱を切って茶太郎を殺したというのは事実じゃろう。おかしいのは、それより前のことじゃな。

……そうじゃ。エテ作の仕掛けは、エテ作の思った時間には作動せんかった。つまり、エテ作がれんずを仕掛けて去ったあと、別の誰かがやってきて南天丸を絞め殺したということじゃ。このとき、壁に体が当たったか何かでれんずが外れてしまったんじゃろう。南天丸を絞め殺したそいつは後で、自分より前に南天丸を吹っ飛ばそうとしていた者がいたことに気づき、れんずを戻した。それで、エテ作の計画よりずっとあとに小屋は爆発したんじゃ。

じゃが、おかしくはないかの？　南天丸を絞め殺したそいつもまた綱を使ったのだとしたら、そいつの手にも屍泥藻泥がついてなければ……

そうじゃ、坊。よく気づいたの。

手についた屍泥藻泥を隠すのには手袋を使わなきゃならんが、手袋についた屍泥藻泥は手袋を捨ててしまえば簡単に隠滅できるんじゃ。先に自分から「失くした」と騒いでおけば、無くなったことも怪しまれんしの。

なにしろ賢い猿じゃった。南天丸を恨んどる者は屋敷の内外に山ほどおるし、猩々翁は自分を頼るじゃろうから、後から誰にでも罪を擦《なす》り付けられると思っとったはずじゃ。小屋でいろいろ調べたとき、あやつは茶太郎の茶釜のからくりも、エテ作が自分より少し前に小屋に侵入して、れんずの仕掛けをしとったこともすべて悟った。罪を擦り付ける相手はエテ作でいいとして、自分が南天丸を殺しとったところを目撃していた茶釜の狸はどうにかせにゃならん。それで狸たちのところへ行ったんじゃ。ところが事態はもう少し複雑じゃった。狸どもが計画しとったのは交換犯罪じゃ。それで、茶釜に化けた狸を探しに立林まで行かにゃならんようになった。まあ、謎解きが好きなのは本当じゃから、楽しんどったのは間違いなかろうの。

……そうじゃ。坊の言うとおり、あの腹痛は仮病じゃったかもしらん。南天丸を殺したところは茶太郎に見られとる。じゃから、面と向かって茶太郎には会えんかったんじゃ。「こいつが殺したんだ」とわしの前で指さされたら、すべてが水の泡じゃからのう。あやつはわしを待ちながら、茶太郎をどうやって亡きものにすべえと考えておったに違いないのう。ところが、赤尻平からこっそりついてきたエテ作が茶太郎の綱を切ってくれたんで、手間が省けたというわけじゃ。

しかし茶太郎は、交換犯罪に手を染めたものの誰も殺さず、その口を封じられただけとはかわいそうな狸じゃったの。

おや、あくびをしとるな、眠くなってきたか。

……何？　なんで殺したか、か。

坊は覚えとるじゃろな、猿蟹合戦の真相を。南天丸が「栗」と置き換えたぶな蔵《ぞう》という猿がおったろう。人間の里から鉄砲を盗んできて、自ら鉄砲を作ったあの猿じゃ。あの猿にはかつて藍林《あいりん》ちゅう許嫁《いいなずけ》がいたのを知っとるか？　……たまに暑くて寝苦しい夜なんかにな、猿六が寝言で言うんを聞いたことがある気がするんじゃ。「藍林、藍林」とな。

……猩々翁の屋敷にやってきたとき、かつてぶな蔵を痛めつけた手下たちにばれなかったかとな。猿六はだいぶ痩せておった。痛めつけられたあと、疲弊して体形が変わってしまったんじゃろうの。それに、顔の上半分がただれたように真っ赤だったと言ったじゃろ？　あれも、人相を変えるために自らやったことなのかもしらん。もちろん、火薬でな。そういえば、遠眼鏡のれんずの仕掛けにだって、火薬に詳しくなければ気づけんだったじゃろう。

火薬といえば、覚えておるか。ぶな蔵は自分の火薬を愛《め》ですぎて、飯にまぜて食うというおかしな癖があったことを。猿六の好きだったムカデ草は、温泉と鉄錆の混じったような妙な香りがするんじゃ。あいつがひっきりなしにムカデ草を吸い続けていたのも、手に入らなくなった火薬を懐かしんでのことだったのかもしれんの。

まあもちろん、確かめたわけじゃない。あやつはわしの親友だったでなあ、そんなふうに疑うのは気が引けたんじゃ。

今、猿六はどうしとるかって？　ふむ。あれは甲斐《かい》の国の山ん中じゃったか、ある日目覚めたらいなかった。それ以来、会っとらん。一度もじゃ。

まったく、今頃どこで何をしとるやら。

ふふ。坊。今、あいつの声が聞こえてきよった気がしたぞ。

綿さん、だからおれは探偵なんかじゃねえってずっと言ってたっぺ。探偵ってのは、殺しちゃいけねえのよ——ってな。

……おや、今の今まで起きとったと思うたら、もう寝とる。

ほんにかわいい寝顔よのう。

それにしてもどうじゃこの孫は。わしがそれとなく隠しながら話した真相を、話のあちこちの断片を拾って見事に探り当ててしもうた。坊こそ、この昔話の、本当の名探偵といってよかろうの。

わしもいろいろあったが、こんなにかわいらしくて賢い孫を持つじじい猿になれたから、幸せじゃ。

めでたし、めでたし――。

解説

千街晶之（ミステリ評論家）

むかしむかし、あるところに——。

このように始まる昔ばなしを、子供の頃に親や祖父母から聞いた思い出を持つひとは多いだろう。もしかすると、子供が人生で初めて接する「物語」かも知れない。

青柳碧人の『むかしむかしあるところに、やっぱり死体がありました。』（二〇二一年十月、双葉社刊）は、そんな懐かしき昔ばなしの世界を舞台にした本格ミステリ「むかしむかし」シリーズの第二弾にあたる短篇集だ。第一弾は、二〇一九年に刊行され、たちまちベストセラーとなった『むかしむかしあるところに、死体がありました。』である。

前著『むかしむかしあるところに、死体がありました。』の収録作のタイトルを列挙してみると、「一寸法師の不在証明」「花咲か死者伝言」「つるの倒叙がえし」「密室龍宮城」「絶海の鬼ヶ島」。これらを見るだけでコンセプトは一目瞭然だろう。これらの短篇は、お馴染《なじ》みの昔ばなしと、アリバイ崩し、ダイイング・メッセージ、倒叙ミステリ、密室殺人、クローズドサークルといった本格ミステリにおいてポピュラーなモチーフとを組み合わせた作品群なのである。

近年、日本のミステリ界では「特殊設定ミステリ」と呼ばれる作風が流行している。これは、例えば幽霊や妖怪や宇宙人が実在していたり、全くの異世界が舞台だったり、タイムトラベルや死者の復活などのスーパーナチュラルな現象が起こったり……といった具合に、私たちが暮らしている現実の世界とは異なるルールに基づいて謎解きが展開されるミステリを指す。「むかしむかし」シリーズの「昔ばなしの世界を舞台にしたミステリ」という設定も、その一種である。

冒頭に述べたように、昔ばなしは子供が初めて接する「物語」だが、そのわりに、昔ばなしには妙に暴力的で殺伐としたところがある（これは海外の童話も同様）。おばあさんが狸に殺され「婆汁」にされてしまう「かちかち山」や、凄まじい報復合戦が繰り広げられる「猿蟹合戦」などはその最たるものだろう。従って、日本の昔ばなしや海外の童話は、犯罪を扱うことが多いミステリというジャンルと相性がいい。特殊設定ミステリでは、森川智喜の『スノーホワイト　名探偵三途川理と少女の鏡は千の目を持つ』（二〇一三年。文庫化の際に『スノーホワイト』と改題）、『アリス殺し』（二〇一三年）

に始まる小林泰三の一連の作品、北山猛邦の『人魚姫　探偵グリムの手稿』（二〇一三年）、紺野天龍の『シンデレラ城の殺人』（二〇二一年）などの作例があるし、アンソロジーとしては、『お伽噺ミステリー傑作選』（一九八九年。『カチカチ山殺人事件　昔ばなし×ミステリー【日本篇】』と改題）と、『メルヘン・ミステリー傑作選』（一九八九年。『ハーメルンの笛吹きと完全犯罪　昔ばなし×ミステリー【世界篇】』と改題）がある。特殊設定ミステリではなく、現実世界で昔ばなしに因んだような事件が起こるタイプの作品としては、斎藤栄の『お伽噺殺人事件』（一九八〇年）、鯨統一郎の『九つの殺人メルヘン』（二〇〇一年）、井上ねこの『赤ずきんの殺人　刑事・黒宮薫の捜査ファイル』（二〇二三年）などがある。日本の昔ばなしの作中世界をそのまま舞台に選び、しかも連作化した例としては、都筑道夫の『宇宙大密室』（一九七三年。別題『フォークロスコープ日本』）のうちの数篇が前例として挙げられるものの、現代を舞台にした作品も混じっているので、一冊丸ごと昔ばなしの世界を舞台にした連作なら、この「むかしむかし」シリーズが初の試みということになるだろう。

漫画やライトノベルなどとの相互影響もあって、このところ大いに発展を遂げた特殊設定ミステリだが、謎解きのルールを読者に呑み込ませるため、世界設定をあらかじめきっちり説明しなければならないというハードルがある。しかし、有名な昔ばなしが元ネタならば、世界設定を読者に説明する必要がないのだ。これは優れた着眼点と言えるだろう。なお著者自身は、双葉社の担当編集者・秋元英之との対談（《ジャーロ》90号掲載、二〇二三年）で「森川君などは、本格ミステリを書きたいわけでしょう。僕はどちらかというと、ミステリ要素のある昔話を書きたいというスタンスです。そこは違うかもしれない」と発言している。そのわかりやすさが大ヒットにつながったわけだが、とはいえ、本格ミステリファンが読んでも満足できるような、魅力的な謎と鮮やかな解決を兼備した作品揃いであることも確かなのである。

では、本書の収録作の紹介に移りたい。

「竹取探偵物語」（初出《小説推理》二〇二二年一月号）

集落の外れで竹を取りながら暮らしている堤重直と子分の有坂泰比良は、竹林で光る竹を見つけた。鉈《なた》でその竹を切ってみると、中から現れたのは親指くらいの大きさの女の子だった。かぐやと名乗るその女の子は重直の家で暮らすことになったが、見る見るうちに成長したかぐやの美貌に惹《ひ》かれて求婚を申し込んだ都の五人の貴族に、彼女はそれぞれ異なる、世にも珍しく入手困難な品物を持ってくるよう要求する。期限の日、貴族たちはそれらの品物を持参したと主張するが、そこで思いがけない事件が……。

元ネタは「竹取物語」。作者不明ながら平安時代前期には既に成立しており、現存する日本最古の物語とされている。原典ではかぐや姫は竹取の翁《おきな》と媼《おうな》に発見されるが、本作ではハードボイルド風一人称の男とその子分に置き換えられているのがユニークだ。

また、作中で起きる不可能犯罪が、五人の求婚者たちが持参した珍奇な品物を使えば可能になるのでは……という発想に基づく二転三転の推理が読者をわくわくさせる。

「七回目のおむすびころりん」（初出《小説推理》二〇二〇年九月号）

強欲な惣七じいさんは、隣に住む米八じいさんから、落としたおむすびが転がり込んだ穴に入ってみるとねずみたちに歓待され、そこで望みのものが何でも手に入る袋をおみやげとしてもらった……と聞いて、早速同じことを試してみる。穴の中でねずみたちと出会ったまでは良かったが、欲を掻《か》きすぎて計画は失敗。気がつくと、惣七は穴の外におり、おにぎりも元通りになっていた。彼は再びチャレンジするが、今度は大ねずみの死体が発見されるという騒動に巻き込まれてしまう……。

元ネタは「おむすびころりん」。惣七は、釣り鐘が鳴るたびに元の場所に引き戻されるというタイムループに巻き込まれ、おみやげの袋を手に入れるという目的は一向に果たせない。そのタイムループの回数が七回なのは、西澤保彦の傑作『七回死んだ男』（一九九五年）を意識したものだろう。タイムループのたびに事態がどう変化するかというルールは複雑を極めており、恐らくシリーズ中でも執筆の難度は最も高かったのではないだろうか。謎が解けた先に待ち受ける結末は皮肉そのものであり、本書の中でも白眉《はくび》と言うべき出来映えの一篇と言える。

「わらしべ多重殺人」（初出《小説推理》二〇二〇年十一月号）

暴力を振るう行商人の夫の顔をぬか床に押しつけて殺したおみね。主の娘とともに旅に出た帰り、襲ってきた山賊を崖から突き落とした使用人頭の壮平。自分を侮辱した金貸しを撲殺した武士の原口源之助。ところが、彼らが殺害した相手は同じ「八衛門」という男だった。行商人で山賊で金貸しの彼は、いかにして三回も殺されたのか？

同一人物が別々の人間に異なる手段で三回も殺された——という、連城三紀彦の『私という名の変奏曲』（一九八四年）さながらの不可解極まる謎を扱った作品である。この犯罪が元ネタの「わらしべ長者」とどう関わるのかは読んでのお楽しみだが、勧善懲悪の枠にはまらないブラックな決着と、それに似つかわしくない「めでたし、めでたし」という締めくくりが独自の余韻を生み出している。

「真相・猿蟹合戦」（初出《小説推理》二〇二一年三月号）と「猿六とぶんぶく交換犯罪」（初出《小説推理》二〇二一年五月号）は、前後篇を成す作品なので一緒に紹介することにしたい。

元ネタは、暴力的な昔ばなしの代表として既に挙げておいた「かちかち山」と「猿蟹合戦」、および「ぶんぶく茶釜」だ。まず「真相・猿蟹合戦」では、栃丸という猿が茶太郎という狸に復讐計画を持ちかける。栃丸は「猿蟹合戦」で栗・蜂・臼・牛の糞に殺された猿の息子であり、茶太郎は「かちかち山」でうさぎに殺された狸の弟だ。栃丸は茶太郎の知恵を試すため、栗・蜂・臼・牛の糞のうち、自分が本当に殺したがっているのはどれかを推理するよう求める。栃丸の真意を茶太郎が「イエス・ノー・クイズ」式に探ってゆく過程で、「猿蟹合戦」に隠された真相が浮上してくるのが読みどころだ。

そして後篇の「猿六とぶんぶく交換犯罪」では、沼に浮かぶ小島にある小屋で起こった変死事件が描かれる。この事件の解明に乗り出したのは、猿六という頭脳明晰な猿。そして、語り手の猿（医者という設定）は猿六から「綿さん」と呼ばれている……と記せばもうお気づきだろうが、猿六はアーサー・コナン・ドイルの作品に登場する名探偵シャーロック・ホームズ、綿さんはホームズの相棒ジョン・H・ワトソンをもじったキャラクターとなっている。原典のホームズの垢抜けたイメージとは対蹠《たいせき》的に、「あらゆる可能性を排除していったとき最後に残った説が、真相なんだっぺ。たとえそれがどんなに意外でもな」といった具合に田舎訛《なま》りで謎解きを行うのがコミカルな味わいを醸し出している。だが、ホームズ・パロディの装いの裏には思いがけない仕掛けが潜んでおり（しかも伏線はかなり早い時点から張ってある）、本書の最後を締めくくるに相応《ふさわ》しい。

さて、この「むかしむかし」シリーズと並行して、著者は『赤ずきん、旅の途中で死体と出会う。』（二〇二〇年）、『赤ずきん、ピノキオ拾って死体と出会う。』（二〇二二年）という、海外の童話を物語の背景とする「赤ずきん」シリーズも発表している。いわば、「むかしむかし」シリーズの姉妹篇である（『赤ずきん、旅の途中で死体と出会う。』は、二〇二三年、福田雄一監督によって実写映画化され、Netflixで配信された)。では、「むかしむかし」シリーズはというと、二〇二三年刊の第三弾『むかしむかしあるところに、死体があってもめでたしめでたし。』が完結篇となった。誰もが知っているような昔ばなしがそんなに数多く存在するわけではないので、三作ですっぱりとシリーズを終わらせたのは賢明な判断かも知れない。凝った本格ミステリであると同時に幅広い読者層に開かれた魅力を持つこの三部作は、著者の代表作として語り継がれるに違いない。

本作品は日本の昔ばなしを基にしたフィクションで、
二〇二一年一〇月に小社より単行本として刊行されました。
作中に登場する人名その他の名称は全て架空のものです。

双葉文庫

あ-66-04

むかしむかしあるところに、やっぱり死体《したい》がありました。

2023年11月18日　第1刷発行

【著者】
青柳碧人《あおやぎあいと》

【発行者】
箕浦克史
【発行所】
株式会社双葉社
〒162-8540 東京都新宿区東五軒町3番28号
［電話］03-5261-4818(営業部)　03-5261-4831(編集部)
www.futabasha.co.jp（双葉社の書籍・コミックが買えます）
【印刷所】
大日本印刷株式会社
【製本所】
大日本印刷株式会社
【カバー印刷】
株式会社久栄社
【DTP】
株式会社ビーワークス

【フォーマット・デザイン】
日下潤一

ISBN978-4-575-52702-5 C0193
Printed in Japan